KATZ- UND KRATZGESCHICHTEN

für Bea

Dezember 2000

[illegible]

KATZ- UND KRATZGESCHICHTEN

Edition Aramo

Druck und Bindung: *Publishing on Demand – PoD*, Frankfurt am Main

Covergestaltung und Satz: Wolfgang Hametner

Der Beitrag *Katzentage* von Julian Schutting setzt sich aus Auszügen aus dem gleichnamigen Roman zusammen (Residenz 1995); Auswahl und freundliche Abdruckgenehmigung der Textstellen durch den Autor.

Der Beitrag *Zwei Leben* von Helga Laugsch erschien ursprünglich in der Anthologie *Mit Katzenzungen*, Milena Verlag 1998.

Texte gesammelt von Michael Stiller, Diga und Winnie sowie Sylvia Treudl und Socke.

c/o ULNÖ, A-3504 Krems/Stein, Steiner Landstraße 3

ISBN 3-934429-62-9

INHALT

Alfred Komarek
Beschreibung meines Katers 11

Beatrix M. Kramlovsky
Eine Frage der Ehre 15

Norbert Silberbauer
Jagdsaison 23

Richard Weihs
Die Dachhasenjagd 47

Traude Korosa
katzen-les-art. eine tratscherei 53

Harald Friedl
Die Fressbühne 59

Nils Jensen
Die Freundin 73

Verena Korosa
Cat Civilisation 79

Sylvia Treudl
... läßt das Mausen nicht 85

Helga Laugsch
Zwei Leben 99

Michael Stiller
Nacht mit zwei Katzen 111

Barbara Neuwirth
Die Katze auf dem steinernen Schiff 117

Julian Schutting
Katzentage 127

Rolf Schwendtner
Die Ergänzung 143

Biographien 153

Alfred Komarek

BESCHREIBUNG MEINES KATERS

Er ist 36 cm hoch, mit Schwanz 67 cm lang und bringt nach dem Frühstück 5 kg auf die Waage. Daß er trotzdem Hrdlicka heißt, liegt an seiner Herkunft. Unser erstes Zusammentreffen fand vor dem Atelier des Meisters im Prater statt. Dort war eine semmelblonde Kugel damit beschäftigt, eine amorphe Masse sanftmütiger Geschwister mit Pfoten zu treten. Damit hatte sie ihre Eignung für den Daseinskampf hinreichend bewiesen, und wir zogen zusammen, nachdem wir uns auf getrennte Schlafzimmer geeinigt hatten. Nach ein paar Wochen streckte sich die Kugel zur Walze, und der Schwanz, vordem ein geradezu lächerlicher Wurmfortsatz, geriet zur eindrucksvollen Extremität. Spätere Versuche, in die kindliche Kugeligkeit zurückzukehren, gerieten zur Groteske. Trotzdem blieb ein ausgeprägtes Verformungs-Potential erhalten. Im wesentlichen bevorzugt werden folgende Erscheinungsbilder:

* der vierschrötige Kompaktkater mit abgerundeten Kanten;
* der semmelförmige Kater mit aufgesetzten Ohren;
* der klassische Birnenkater mit adrett gerolltem oder achtlos gelegtem Schwanz;
* der gut frisierte Stromlinienkater mit Versicherungsvertretermiene;
* der formlose Chaoskater mit falsch montierten Pfoten;

* der angepaßte Mimikrykater (als Buch im Bücherregal oder als Blumenvase auf dem Eßtisch).

Der äußeren Vielfalt entspricht innerer Reichtum. Gütig den Stellenwert meiner angemaßten Existenz im Rahmen seines instinktiv erkannten Universums betrachtend, läßt er, der Kater, mir meine Schrullen, weil ich ja sonst nichts habe. Es muß offensichtlich auch Existenzen geben, die betulich Gedanken an Gedanken fügend, sich lächerlicher Krücken bedienen, statt von den Schnurrhaaren bis zur Schwanzspitze zu spüren, was los ist. Unterliege ich menschlich pervertierten Verhaltensformen, also der Terminkalenderhörigkeit, der Zeitnot oder dem Leistungsdruck, legt Hrdlicka auf deutliche Distanz wert. Sein edles Gemüt hindert ihn daran mich verächtlich auszugrenzen, aber allzu viel möchte er mit einem solchen Leben nicht zu tun haben. Besteht Aussicht auf Besserung, unterstützt er diesen Vorgang, indem er auf den Arbeitsunterlagen einschläft oder sie beiläufig zerfetzt.

Verschlimmert sich die Situation rapide, macht er sich ernsthaft Sorgen, sträubt das Fell, blickt fiebrig und ist ganz blaß. Gelingt es mir jedoch in raren Stunden, wenigstens annähernd animalischer Vernunft gerecht zu werden, faßt er mich mit dem ungläubigen Staunen eines Hofnarren zu Auge, dessen König erstmals Vergnügen daran findet, über die eigene Lächerlichkeit zu lachen. Dem Staunen folgt vorsichtige Zuwendung, plumpe Ver-brüderung unterbleibt, sie könnte der wohldifferenzierten Qua-lität unserer Beziehung nur schaden.

Ganz abgesehen davon erweist sich Hrdlicka in Notfällen als verläßlicher, exakt und angemessenen agierender Freund. Einer unwirsch amtshandelnden Amtsperson sprang er dereinst unverhohlen in den Akt und war von so betäubender Liebenswürdigkeit, daß der Amtsmensch am Schluß nur noch einen Wunsch hatte, nämlich das Pfoti als Stempi zu verwenden. Eine tyrannische Putzfrau fand ich in der Küche vor, wo sie in sanfter Ergebenheit mit dem Kater eine Knackwurst teilte. „Er hat mich haßerfüllt angeblickt", gab sie demütig zu Protokoll. Einem geizigen Auftraggeber verhalf Hrdlicka zu generösem Frohsinn, indem er, im Ärmel des abgelegten Rockes steckend, als textiles Ungeheuer durchs Zimmer wankte. Müßig, weitere Taten aufzuzählen: So ist er eben. Die Beschreibung des Katers würde allerdings das Thema verfehlen, enthielte sie nicht auch die finsteren Seiten seines Wesens. Zum Beispiel: Er schlägt nach. Wendet sich der Mensch nach einer korrekt geführten Auseinandersetzung leicht verwundet ab, kriegt er noch eine von hinten, damit er sich's merkt. Oder: Er nimmt von jedem. Stimmt die Qualität der Nahrungsmittel, läßt er sich auch von Erzfeinden bewirten. Der Umstand, daß er die Gaben verächtlich entgegennimmt und auch im gefüllten Zustand unleidlich bleibt, verbessert allerdings die Optik. Auch sein geradezu aufdringliches Interesse an weiblichen Besuchern kann mit der Überkompensierung eines Operationstraumas nicht hinreichend entschuldigt werden. Andererseits ist es denkbar, daß er sich ein paar liebenswerte Schwächen leistet, um mir jene Art armseliger Triumphe zu gönnen, die mich mit seiner Diktatur versöhnen. Ich hätte damals, als ich ihn auf seinen Geschwistern herumtrampeln sah, auch an meine Zukunft denken sollen.

Beatrix M. Kramlovsky

EINE FRAGE DER EHRE

An dem Tag, als Bruno in Haft ging, wurde das kompromittierende Schild an unserer Gartentür befestigt. Es hatte natürlich nichts mit ihm zu tun, aber mir schien es ein bedeutender Zufall zu sein. Nicht, daß ich gutheiße, wie er sich benommen hat. Nicht, daß ich verteidigen möchte, was nicht verteidigenswert ist. Aber durch die zeitliche Übereinstimmung wurde ich quasi stigmatisiert, als hätte meine Einstellung etwas mit seiner kriminellen Veranlagung zu tun, Seelenverwandtschaft der teuflischen Art.

Dabei kann ich Bruno nicht ausstehen. Ja, er ist schön, auf diese gewisse Weise, wenn man für Muskelprotze und Prologehabe anfällig ist. Er ist ein Krieger, aggressiv, brutal, wendig und vorwärtsstürmend. Geradlinig denkend. Wir Katzen wissen das. Bruno verteidigt sein Revier auf die einzig ihm angemessene Weise, er massakriert Eindringlinge und verstümmelt jugendliche Raufbolde. Unerfahrene Weibchen vergewaltigt er. Er ist im besten Fall unangenehm, immer aber berechenbar. Trotzdem empfinde ich es als demütigend, ihn nun hinter Gittern zu sehen, in einem engmaschigen Käfig, der rund um einen Baum gebaut ist, so daß er von seinem Lieblingsast aus über den Garten, den Zaun, die Straße blicken, seine letzten überlebenden Opfer, die mit Halskrause unterwegs sind, beobachten kann. Eine Voliere für den Killerkater, wie ihn die Menschen nennen.

Ich gehe ungern dort vorbei. Obwohl – ich muß zugeben, daß es schön ist, mit lustvoll bebendem Hinterteil sein Revier zu markieren und ihm im Davonschlendern zuzusehen, wie er platzt vor hilfloser Wut. Unsichtbare Katzentatzenkratzer ausgelebter Schadenfreude, auch wenn wir das Vorgehen der Menschen verurteilen.

Aber daß Martha das Schild gerade an dem Tag seiner Einweisung aufgehängt hat, trifft mich heute noch. Man weiß doch, wie Hominiden denken! Sie ziehen immer die falschen Schlüsse. Kein Wunder, daß ich den vertrottelten Hundebesitzer von Nummer fünf schon laut über eine mögliche weitere Felideninternierung in unserem Garten räsonieren höre. Er wird seine Strafe erhalten, ich bin mir meiner Verpflichtungen als Älteste bewußt. Zuvor aber muß ich mit dem Schild fertig werden und derjenigen, der ich es zu verdanken habe, daß Passanten nun stehenbleiben, auf mich zeigen, lachen, anstatt aus geziemend ehrerbietiger Ferne die erlesene Qualität meiner Musterung, den Glanz meines Fells, die unnachahmliche Linie vom Ohr über die Schulterpartie zu bewundern, wenn ich auf dem untersten Zweig der Magnolie lagere. Ich. Kassiopeia, die Strahlende.

Martha besaß wenigstens den Anstand, sich zu entschuldigen. Ich kann ihr nicht wirklich böse sein. Außerdem ist sie in ihrer blinden Liebe so einfältig, daß es keinen Spaß macht, ihr Streiche zu spielen. Sie riecht gut. Sie bewegt sich leise und mit Bedacht. Sie pflegt meinen Garten, mein Haus, meinen Lieblingssessel, mein Bett. Sie schläft ruhig und braucht nicht viel Platz, ich muß mich nicht einschränken. Sie glaubt, meine Sprache zu verstehen, so daß ich ihr viel weismachen kann. Sie ist die perfekte Lebenspartnerin für mich. Wäre sie eine Katze, würde ich sie vielleicht lieben. Vielleicht.

„Kassiopeia, es tut mir leid“, sagte sie zum wiederholten Mal, während sie den Hammer schwang. Ich beobachtete sie, den

Schwanz fein säuberlich um die Vorderbeine drapiert, ein Ohr nach hinten, den anderen Lauscher nach vorne gerichtet. In dieser Stellung wirke ich unwiderstehlich, das weiß ich. Aber sie sah gar nicht zu mir herauf, sie starrte auf diese widerspenstigen Nägel und ignorierte die Nachbarin, die breit grinsend an ihrer Gartentür lehnte.

Martha mag einfältig sein, was mir das Leben erleichtert, aber Frau Varek ist dumm und bösartig, eine eklatant unangenehme Mischung. Als Bruno hinter Gittern verschwand, stand sie vor seinem Zaun, lockte ihn, mutzmutzbravermutz und lachte ihn aus. Alle Katzen hörten es. Bruno verlor in unserer Welt zum zweiten Mal sein Gesicht. Dann marschierte diese widerliche Frau zurück und beobachtete Martha, wie sie das Schild anbrachte.

„War ja hoch an der Zeit", schrie sie über die Straße. „Dös Gfrast hat´s ja faustdick hinter die Ohren!"

Martha preßte die Lippen zusammen.

„I hab´s immer scho g´sagt, oba Sie hab'ns ja net glauben wolln, des Luader hat den klanen Mucki am G´wissn, was mir ja wurscht sein kann, aber daß sie net nur Viecha beißt, sondern ah uns, des hab'ns halt nie glauben wolln. Jetzt hab'ns den Scherben auf."

Ich stand auf, streckte mich betont gleichgültig, wanderte den Ast entlang, sprang graziös auf die Mauer, promenierte zu Martha und stieß sie sanft an. Sie hatte das Schild gerade fertig befestigt und war überwältigt, daß ich, das Opfer, sie zu trösten versuchte.

„Ach, Kassiopeia, ich wollte, der Mucki wäre noch da, dann wärst du nicht so alleine", seufzte sie. Ich teilte ihre Ansicht überhaupt nicht, was mich jedoch nicht daran hinderte, sie anzuschnurren.

Frau Varek hatte des öfteren mitbekommen, wie ich Mucki die

Katzenklappe zu verleiden versuchte. Ich gebe zu, es war nicht fair, aber er hätte nicht mein Haus als Heim aussuchen dürfen, noch dazu im März, als Martha aufgrund ihrer eben erst begonnenen Witwenschaft anfällig für gewisse Trostschmeichler war. Er war charmant, aber unerfahren. Es war nicht schwer, ihn hinter Marthas Rücken zu quälen, zur Weißglut zu bringen. Versuchte er genervt, durch die Klappe zu flüchten, wartete ich schon draußen, flink und gewitzt, um ihm mit gespreizten Krallen über Stirn und Ohren zu furchen, so daß er kläglich schreiend in der Öffnung hing. Ihn Bruno ins Revier zu treiben, war später nur noch eine, wenn auch endgültige, Kleinigkeit. Martha begrub ihn in meinem Garten. Ich begleitete sie triumphierend und schnurrte wohlwollend, weil sie wußte, wie man eine Katze angemessen verabschiedet. Sie mißverstand mich gründlich, wie üblich, und dachte, ich würde ihre Witwengefühle nun ähnlich empfinden. Natürlich ließ ich sie in diesem Irrtum, er brachte mir frische Filets vom Zander und zarte Hühnerleber ein, während ich es genoß, wieder uneingeschränkt mein Reich zu hüten.

Es war perfekt – bis auf Frau Varek, die mir zugesehen haben mußte, wie ich den hilflosen Mucki skalpierte. Von da an lag sie auf der Lauer.

Ich gebe es zu, ich fröne einer kleinen Leidenschaft. Ich bin ihr nicht völlig verfallen, schließlich bin ich eine Katze und weiß, was Selbstbeherrschung bedeutet. Aber ich gönne mir immer wieder dieses harmlose Vergnügen, auch, weil es, – ich will ehrlich sein –, einen enormen Prestigegewinn beinhaltet. Jedes Mal, wenn es zu still um mich wird, spiele ich mein Spiel – und die Katzen der Umgebung schnurren mein Lied, spinnen mich hochachtungsvoll in ihre Träume, verbreiten meine Biographie. Ich bin nicht umsonst im Obersten Rat, eine geehrte Älteste.

Wenn Martha nicht da ist – ich will ihre Nerven schonen – liege

ich nicht nur in der Magnolie, um zu dösen und den aufsteigenden Duft der Staudenbeete zu verkosten. Der Baum steht am Grundstücksrand, mein Lieblingsast ragt über den Zaun, ich warte in sicherer Höhe. Die Radfahrer entdecken mich nie!
Ich sage Ihnen, es ist ein ungeheures Lustgefühl, direkt vor sie hinzuspringen! Diese Geschwindigkeit! Dieses herrliche Rückfedern in den Gelenken! Diese lächerlichen Manöver der Menschen! Meistens schaffe ich es, daß sie samt ihren Rädern ins Schleudern geraten und quer über die Fahrbahn hin zu Frau Vareks Zaun schlittern. Noch während sie benommen und äußerst ungraziös ihre Beine sortieren, rase ich auf sie zu, beiße herzhaft ins nächstliegende bloße Fleisch und verschwinde im Varekschen Garten. Da bleibe ich dann sitzen, ein Bild von friedlich ihr Heim genießender Katze, sanft schnurrend, während sie sich bei Frau Varek beklagen, sie beschimpfen, ihr Ärger androhen und gerichtliche Schritte.
Ich wußte nie, was schöner war, der Sprung aus dem Baum ins Licht oder der Anblick von Frau Varek, die fast der Schlag traf, weil ich um ihre Beine strich und tat, als wären wir unzertrennlich.
„Es tut mir so leid, Kassiopeia", wiederholte Martha, „aber nicht nur der Tierarzt hat darauf bestanden."

ACHTUNG BISSIGE KATZE
ABSTAND WAHREN!!!!

Noch am selben Tag wurde mir klar, daß sich sowohl Passanten als auch Radfahrer in die Mitte der Straße, es ist nur ein Seitengäßchen ohne Gehsteige, begaben, Distanz hielten. Gezielte Sprünge wurden dadurch unmöglich.
Gebrandmarkt! Eine Aussätzige wie Bruno, der Mörder. In meinen Freuden beschnitten, mein Vergnügen kriminalisiert. Schuld

und Sühne. Rache bringt nichts. Reue interessiert mich nicht. Strafe, erziehende Strafe, die wiederherstellt, was zerstört wurde, mein Gesicht. Es ist eine Frage der Ehre.

Ich habe sehr lange nachgedacht, wie ich Frau Varek gerecht und ausdauernd bestrafen werde. Heute habe ich das Urteil gefällt und mit der Vollstreckung begonnen. Sie wird nie erfahren, daß ich meine eigene Rächerin bin, so wie Martha nie begreifen wird, wie es vor sich geht.

Frau Varek hat bereits zu kreischen begonnen. Ich höre sie mit Wonne, auch mit gewissem Schaudern, denn sie verfügt über ein grelles Organ.

Vorsichtig transportiere ich die ausgewachsene Maus durch das Rosenbeet, bin nur ein Schatten unter Schatten, während ich durch die offene Terrassentür das Haus betrete, diesmal hinauf zu den wurmstichigen Kommoden im Obergeschoß gleite, meine Beute behutsam in eine dunkle Ritze entlasse. Frau Varek brüllt unten in der Küche. Sie hat die Mäuse im Keller noch gar nicht entdeckt. Ich bin mir sicher, daß die letzte trächtig war. Ich war sehr zuvorkommend, mit samtweichem Kiefer. Ich habe sie nicht verletzt. Wenn sie nicht aus lauter Torheit vor Schreck stirbt, wird sie bald ihre Jungen werfen.

Ich werde jeden Tag vorbeikommen, manchmal auch nachts. Jetzt im Sommer stehen alle Fenster offen, Frau Vareks Haus ist kein Elfenbeinturm. Ich werde ein bißchen mit meinen Mäusen spielen und darauf achten, daß immer Nachschub da ist. Es wird sehr unterhaltsam sein, Frau Vareks Heim zu unterminieren, die Natur ihres Daseins nachhaltig zu verändern.

Oh, Martha ruft mich.

Es klingt nach Forelle in Blau. Ausgesprochen fürsorglich, wenn man bedenkt, daß sie nichts von dem quälend verführerischen Mäusearoma in meinem Maul weiß!

Norbert Silberbauer

JAGDSAISON

ALLES kam Anna irgendwie seltsam vor. Sie befürchtete das Schlimmste. Anna befürchtete immer das Schlimmste, in der Hoffnung, mit dem Denken, dem Aussprechen des Schlimmsten sei dieses gebannt. Kathi war eine Nacht nicht nach Hause gekommen. Am nächsten Tag fand Anna Kathi im Garten. Kathi war tot. Erschossen. Ihr Körper zerfetzt von einer Ladung Schrot. Anna schloß die Augen. Sie träume, dachte sie, sie träume das Schlimmste, aber es sei nicht wahr. Sie öffnete die Augen. Noch immer lag die tote Katze vor ihr. Anna schloß wieder die Augen und zwickte sich, bevor sie einen neuerlichen Blick wagte, in den Unterarm. Anna schrie auf. Sie stürzte auf Kathi zu, riß sie hoch, drückte den blutigen Körper gegen ihre Brust. Anna rannte ins Haus, automatisch, wie sie während der vergangenen Jahre jedesmal ins Haus gerannt war, wenn etwas sie erfreut oder traurig gemacht hatte. Aber dieses Mal war niemand da, zum ersten Mal, die erste Katastrophe und niemand da. Anna lief in alle Zimmer. Umsonst. Erst jetzt begriff sie, sie würde allein bleiben mit ihrem Schmerz. Anna rannte aus dem Haus. Zu einem befreundeten Nachbarehepaar. Das Gartentor war offen, wie immer. Anna läutete einmal, ein zweites Mal, sie schlug gegen die Klingel, gegen die Tür, gegen das Fenster, aber niemand öffnete. Sie lief über die Straße, schrie, einen Arzt, man müsse sofort einen Arzt holen, sofort einen Arzt. Wahllos rann-

te sie in Gärten, klopfte an Türen, drückte Klingelknöpfe, schoß Steinchen gegen Fenster. Endlich. Ein kleines Mädchen öffnete. Die Eltern schreckten aus ihrer abendlichen Ruhe hoch, weil beide dachten, Anna, die sie nur flüchtig kannten, sei verletzt, und weil beide keinen zweiten Blick auf die blutverschmierte Bluse, auf die über der Brust gekreuzten Hände riskierten. Das Kind wurde auf sein Zimmer geschickt. Anna schrie, weinte, brüllte. Sie zitterte, atmete schnell und unregelmäßig, bekam kaum Luft, Schweiß stand auf ihrer Stirn. Als der Mann die Nummer eines Arztes wählte, entdeckte er die Katze. Seine Erleichterung äußerte sich in einem Wutanfall. Was sie sich erlaube, ob sie verrückte sei, sagte er zu Anna, so ein Theater wegen einer Katze, seine Familie und ihn so zu erschrecken. Anna starrte ihn an. Kathi werde sterben, sagte sie, ihre Kathi. Anna drückte ihre Katze fest gegen die Brust, küßte den Kopf des Tiers. Die Katze sei doch schon tot, sagte der Mann, das sehe doch ein Blinder, tot sei die Katze. Wortlos verneinte Anna, ihre Hände drückten gegen den zerfetzten Bauch des Tiers, aus dem die Gedärme quollen. Ein Hinterbein hing nur noch an einer Sehne. Der Schuß hatte gesessen. Waidmanns Heil.
Als Anna am nächsten Morgen in die Küche kam, fand sie dort ihren Nachbarn vor. Tee oder Kaffee, fragte er. Anna, noch unsicher auf den Beinen, ungewaschen und den Schlaf in den Augen, schien keineswegs überrascht. Sie rief ihre Katze. Kathi! Kathi! Hätte doch sein können, dachte sie, hätte doch alles nur ein Traum sein können. Der Nachbar erklärte seine Anwesenheit, erzählte, was Anna nicht mehr oder nur bruchstückhaft wußte. Sie habe eine Beruhigungsinjektion bekommen, die Einweisung ins Spital verweigert, der Arzt habe aber gebeten, jemand möge für alle Fälle bei ihr im Haus übernachten. Deswegen sei er nun hier, sagte er. Zum ersten Mal seit mehr als drei Jahren sei sie nicht allein im Haus gewesen, dachte Anna, aber unter welchen

Umständen. Die Einsamkeit eingetauscht gegen ein Unglück. Ein Freund aus Mitleid. Tee oder Kaffee? Kaffee. Der Nachbar erzählte von seinen Frühstücksgewohnheiten, von Schlafproblemen, von seinem gestrigen Besuch in einem italienischen Lokal, was er bestellt hatte, was seine Frau, er erzählte, was gut, was weniger gut geschmeckt hatte, über alles wollte er reden, nur nicht über das, was er fürchtete, von Anna gefragt zu werden. Zu seinem Erstaunen und seiner Erleichterung kommentierte Anna seine Geschichten. Was sollte er einer Frau sagen, deren Katze man erschossen hatte, die mit dem toten Tier durch die Gegend gerannt war und einen Nervenzusammenbruch erlitten hatte. Er hoffte, die Wirkung der Injektion würde anhalten, bis er weg sei. Und Kathi, fragte Anna endlich. Er habe sie im Garten begraben, sagte er, er habe gedacht, das sei ihr, Anna, lieber, als die Katze der Tierkadaververwertung zu überlassen. Danke. Der Nachbar wußte nichts mehr zu erzählen. Was er sagte, beantwortete Anna mit Sätzen, die jedes weitere Gespräch sinnlos machten. Ist ohnehin alles egal.

Plötzlich sprang Anna auf. Mein Gott, die Jungen, sagte sie, die Jungen. Schlagartig verlor die Injektion ihre Wirkung, das ganze Ausmaß des Unglücks kehrte in Annas Gesicht zurück. Anna rannte aus dem Zimmer und kam mit einem geflochtenem Katzenkorb wieder. Unter einer Decke lagen drei junge Katzen. Fast noch blind, die Köpfe auf der Suche nach dem Bauch der Mutter, gierig nach Nahrung, unbeholfen. Er könne ihr bei der Lösung des Problems helfen, sagte der Nachbar. Sie brauche eine Babyflasche und einen Schnuller, sagte Anna. Der Nachbar schwieg, er hatte seine Hilfe anders gemeint. Er war auf einem Bauernhof in einem kleinen Dorf aufgewachsen und hatte oft gesehen, wie Bauern die kleinen Katzen umbrachten, sie gegen die Wand oder den Boden schleuderten, sie in einen Sack steckten, den Sack in die Regenwassertonne tauchten oder mit dem

Traktor über den Sack fuhren. Im Frühjahr und im Herbst wiederholte sich das Katzentöten, das immer die Männer erledigten, mit Kälte und Routine und mit Verachtung für jene, die dieser Heldentat mit Abscheu begegneten.
Was der Nachbar nun sah, paßte nicht zu seinen Kindheitserinnerungen. Anna erwärmte mit Wasser verdünnte Milch, schnitt von einem Gummihandschuh den kleinen Finger ab, stach mit einer Nadel ein Loch, füllte die Milch in eine sorgfältig ausgewaschene Weinflasche, stülpte das Gummistück über die Flasche und begann die kleinen Katzen zu säugen. Der Hunger der Tiere überwand den Abscheu vor dem Ungewohnten. Anna lächelte. Das sei nur eine Notlösung, sagte sie, sie müsse anschließend sofort zu einem Tierarzt. Der Nachbar nickte. Die Bauern hätten die Katzen schon längst entsorgt, dachte er, so viel Aufhebens wegen drei Katzen. Die Bauern züchteten Nutztiere, das war ihr Beruf. Schweine, Kühe, Hühner, Gänse. Katzen waren folglich „Unnutztiere“: Tiere, zu nichts zu gebrauchen, die keinen Gewinn erwarten ließen und nur Geld kosteten, wenngleich kaum ein Bauer Katzennahrung kaufte oder gar mit den Katzen zum Tierarzt fuhr. Katzen gab es im Überfluß, eine mehr oder weniger, egal. Folglich führte die Greißlerei im Dorf keine Katzenfutterdosen, erst als die großstädtischen Zweithausbesitzer danach fragten, wurden solche ins Sortiment aufgenommen.
Der Nachbar hatte sein Dorf längst verlassen. Nach einem zehnjährigen Umweg über die Großstadt war er in einer Kleinstadt gelandet, die ihm der vernünftigste Kompromiß war, um sowohl der Anonymität als auch dem Stumpfsinn zu entgehen. Vielleicht sei das Katzentöten auch ein Grund gewesen, wegzugehen, dachte er, einer von vielen Gründen. Der Nachbar haßte die Bauern, er wollte nie einer werden. Nun hatte sein Haß einen ersten Beleg. Nicht so sehr das Töten haßte er, denn schließlich

lebten die Bauern davon, daß sie Tiere tötete beziehungsweise für das Töten züchteten, sondern daß ihnen das Töten auch noch Spaß machte. Es müsse ihnen Spaß gemacht haben, dachte er, welche Erklärung gebe es sonst? Die Bauern hätten sich nahezu auf das Umbringen der jungen Katzen gefreut. Das sei ihre ganze Macht gewesen: Katzen umbringen und Kinder schlagen, dachte er, nicht ohne Grund seien im Schach die dämlichsten Figuren die Bauern.
Der Nachbar bot Anna seine Hilfe an. Anna schrieb auf, was er bringen solle. Man bekomme etwas nur, um es zu verlieren, man besitze etwas, um es anschließend hergeben zu müssen, man gewöhne sich an etwas, damit es einem entrissen werde, sagte Anna plötzlich, der einzige Sinn der Dinge, des Lebens, der Freude sei der Verlust. Nicht immer, sagte der Nachbar, manches in seinem Leben habe er gern verloren.
Anna geht spazieren. Aufgescheucht von einem Unglück, weggetrieben vom Ort des Unglücks. Ein Freund riet ihr, den Standpunkt zu verändern. Die wörtliche Umsetzung dieses Ratschlags schien ihr sinnvoll. Seit ihrer Scheidung hat sie das Haus nur für die Arbeit und das Einkaufen, welches aber immer gleich nach der Arbeit erledigt wurde, verlassen. Monatelang hat sie alle Einladungen abgesagt, alle Besuche ausgesperrt, bis niemand mehr anrief, niemand mehr kam. Drei Jahre vergingen, fast wortlos, ohne eine Berührung, ohne Lachen, sogar ohne Tränen, die sie in den Jahren ihrer Ehe längst verbraucht hatte. Die neue Freiheit hatte sich als gewaltige Leere entpuppt. Was tun mit fünfzig? Ein berufliches Fortkommen scheiterte am Alter und an der fehlenden Matura, eine neue Liebe am Alter und am Übergewicht. Das Übergewicht war ihre Strafe für den Ehemann. Er sollte sie sich jeden Tag anschauen müssen, sollte merken, was aus ihm und ihr geworden war, wie sein und ihr Leben jede Form verlor, aus den Fugen geriet, verschwamm, ihr fülliger

Körper sollte sein Spiegel sein. Er hielt das Spiegelbild nicht lange aus. Was blieb, war das Übergewicht und die Lust am Essen.

Drei verlorene Jahre, denkt Anna während des Spazierengehens, sinnlos. Jeder Mensch mache Fehler, nur komme es darauf an, die Fehler rasch zu korrigieren. Sie habe für die Korrektur ihrer Ehe fünfundzwanzig und drei Jahre zu viel gebraucht. Das sei ihr größter Fehler gewesen.

Angesichts der Schönheit der Landschaft kommen die vergangenen Jahre Anna noch sündiger vor. So viel versäumt, so viel nicht gesehen, obwohl sie doch ihr Leben lang in dieser Gegend wohnt. Aber bislang hat sie nicht mehr entdeckt, als man von den Durchzugsstraßen aus entdecken kann, falls man einmal aus irgendeinem Grund etwas langsamer fährt, beobachtend, und nicht wie üblich, jede Kurve kennend, jede Kuppe, jedes Schlagloch, blind dahinrast. Das Zufußgehen, die Langsamkeit erschließt eine neue Welt. Kleine Täler, Schluchten, Gräben, Tümpel, Bäche, Wege, alles nur einige hundert Meter von der Straße entfernt und doch nicht einsehbar oder von dieser aus nur als schnell verschwindende Flecken, keineswegs Felder, wahrzunehmen. Drei Hasen spielen in einer Wiese. Sie spielen tatsächlich, laufen einander nach, tollen herum, und es würde Anna nicht wundern, könnte sie die Hasen lachen hören. Wenig später kreuzt ein Rehbock ihren Weg. Lautlos schwebt er, seine Hufe berühren kaum den Boden. Anna ist im Paradies. Aus einem bestimmten Blickwinkel verschwindet alles Menschliche: die Straßen und Wege, die Häuser, die Felder, die Hochspannungsleitungen. Anna greift nach ihrem neu entdeckten Land, sie atmet es ein, berührt es, riecht es, als sei dieser Tag der letzte ihres Lebens und nicht der erste eines neuen Lebens, dem noch viele solcher Tage folgen sollen. In den Hügelformationen entdeckt Anna liegende Menschen. Dort eine Schulter, eine Hüfte, angewinkelte Beine; daneben liegt ein zweiter Mensch, auf dem Bauch. Ein Liebespaar? Ruhend? Schlafend? Eine Decke, zusammengesetzt aus unzähligen Stoffresten, ist über die Menschen gelegt, verbirgt und schützt sie. Die Großmutter hatte eine ähnliche Decke genäht und in der Küche über das alte Sofa gespannt. Kein Fleck gleicht dem anderen, jeder ist anders in Form und Größe und Material und Farbe. Wiesen, Felder, Weingärten, Wälder, grünes Land, gepflügte Äcker, in Schatten getaucht, in Licht.

Anna zuckt zusammen. Sie hört Schüsse. Von einem kleinen Hügel aus beobachtet sie eine Treibjagd. In einer Reihe gehen ungefähr dreißig Jäger quer über ein Feld, von der Gegenseite scheuchen Treiber das Wild auf, das unwissend in die Richtung der Gewehre flieht. Schüsse. Wie widerlich, denkt Anna. Schüsse. Anna läuft davon. Vor Wut weinend und zitternd. Sie atmet schwer, keucht, bekommt kaum Luft, ihre Oberschenkel brennen, die Unterschenkel. Ihr Körper ist nach den Jahren des Stillstands die Bewegung nicht gewohnt. Schüsse. Anna verliert die Übersicht. Vorn beim Hochstand rechts. Dann weiter. Schüsse. Wieder ein Hochstand. Oder erst hier rechts? Oder beim nächsten Hochstand? Hier stehen drei Hochstände. Dort der nächste? Wo nun rechts? Schüsse. Jagt man sie? Schießt jemand auf sie? Von diesem Hochstand aus? Anna rennt um ihr Leben. Schüsse. Schüsse. Schüsse.

Am Rand der Kleinstadt findet Anna einen Weg, den sie kennt. Um nach Hause zu gelangen, müßte sie quer durch die Stadt. Aber wie sie aussieht. Zerkratzt, verschwitzt, verschmutzt, die Haare hängen strähnig ins Gesicht. Sie beschließt, den gelaufenen Weg zurückzugehen, und, um sich nicht zu verirren, das höchste Bauwerk, den Lagerhaussilo, im Auge zu behalten. Wovon Anna dachte, es sei ein ihrer Angst entsprungenes Trugbild, stellt sich als die Wirklichkeit heraus: überall stehen Hochstände. Manche kaum hundert Meter voneinander entfernt. Wie feige, denkt Anna, wie feige die Jagd. Feiglinge die Jäger. Und unfair. Anna steigt auf einen Hochstand. Der Instinkt der Tiere, ihre angeborene Abwehr reiche nicht aus, um sich vor etwas zu schützen, das es in der Natur nicht gibt: Gewehre. Die Schnelligkeit der Rehe reiche nicht gegen einen Gegner, der die Geschwindigkeit aufhebe; das Davonfliegen der Vögel genüge nicht gegen einen, der die Entfernungen aufhebe, alles versage gegen einen, der die Natur aufhebe. Was sind die Stacheln eines Igels gegen die Wucht eines Autos? Was die Haken eines Hasen gegen eine Hundertschaft von Treibern, Jägern und Hunden?

Annas Körper findet wieder Ruhe. Dämmerung. Die klare Luft bringt klaren Verstand. Der Trauer folgt die Wut. Kathi ist erschossen worden. Mit einer Ladung Schrot, wie nur Jäger ihn verwenden. Ein Jäger hat ihre Katze erschossen, hat hineingeschossen in ihren Garten. Was sind das für Menschen? Was erzählen sie ihren Kindern? Daß das Töten Spaß macht? Daß beim Anblick zerschossener, blutender Körper Freude aufkommt? Unfair sei die Jagd, denkt Anna, ein Spiel, in dem der Sieger schon vor Spielbeginn feststehe, so unfair, als schütte man heißes Wasser über ein Baby. Der Wut folgt der Wunsch nach Gerechtigkeit, nach Strafe. Wer hat ihre Katze erschossen? Egal. Kein Jäger ist unschuldig.

Zu Hause warten die drei kleinen Katzen auf die Flasche. Sie haben sich daran gewöhnt, daß ihre Mutter nach Gummi schmeckt und unendlich größer ist als sie und ganz anders. Die Kleinen werden überleben. Sie haben die Augen geöffnet, verlassen ihren Korb und erforschen die Geheimnisse des Wohnzimmers. Hören sie ein ungewohntes Geräusch, laufen sie unbeholfenen zurück in die wärmenden Decken. Auf den glatten Parkettböden rutschen sie aus, fallen hin, mühsam gehorchen vier Beine einem Willen. Anna lächelt, legt sich auf den Boden.

Die Katzen erkunden die menschliche Landschaft. Steigen auf sie, legen sich zwischen ihre Oberschenkel, laufen ihren Rücken entlang, verkriechen sich in den Ärmeln. Die Entdeckung eines neuen Kontinents, eine weiche Landschaft von Hügeln und Tälern, aber ohne Risiken. Nur wenn der Kontinent sich bewegen würde, wären die Forscher gefährdet. Anna bleibt ruhig liegen, auch wenn Krallen sich durch den dünnen Stoff der Bluse bohren bis in die Haut. Für einen Moment ist Anna dem Unglück dankbar gewesen. Wäre Kathi nicht erschossen worden, würde Anna die sanft über ihren Körper wandernden Schritte nicht spüren. Jedes Unglück habe auch seine positive Seite. Anna schämt sich für diesen Gedanken. Ein Unglück bleibe ein Unglück, denkt sie, denn das eine schließe das andere nicht aus, denn Kathi könnte leben und sie, Anna, könnte trotzdem mit den Kleinen spielen. Anna würde Kathi gern um Verzeihung bitten. Zu spät, wie vieles zu spät ist, wie immer alles zu spät ist. Verzeihung für ihre Wut auf Kathi, als sie deren Trächtigkeit bemerkte und ihr androhte, die Kleinen aus dem Haus zu geben, als sie Kathi keines Blickes würdigte und sie anschrie bei jedem kleinen Vergehen, das üblicherweise ungeahndet blieb. Jene Tage möchte Anna rückgängig machen. Zu spät. Nichts geht mehr. Ihr Mann hatte ihr die Katze geschenkt, zum fünfundzwanzigsten Hochzeitstag, zur Versöhnung, und damit seine Frau nicht allein sei, wenn er geschäftlich verreisen müsse. Und dann das: Nachwuchs im Haus. Aber nicht der ihre. Einer Katze gelang, worauf Anna ihre Ehe lang vergeblich gehofft hatte.

Anna kann nicht schlafen. Schüsse reißen sie aus dem Schlaf. Anna geht zu Kathis Grab, auf dem sogar ein kleines Holzkreuz steht, das der Nachbar am Tag nach dem Unglück brachte. So viel Verständnis hatte sie ihm, der stets mürrisch grüßte und sonst gar nichts redete, nicht zugetraut. Sogar der Name ihrer Katze stand auf dem Kreuz. Zum Trost, sagte er Nachbar, der die Einladung zum Kaffee gern annahm. Anna setzt sich in die Wiese. Erinnerungen an Kathi bestärken ihren Entschluß. Aber wie die Sache durchführen? Sie wäre doch die erste Verdächtige, der ganze Ort zerreiße sich über sie und ihren Nervenzusammenbruch den Mund. Anna holt ein Stück Holz und leert Salzsäure, die sie normalerweise zum Reinigen der Toilette verwendet, auf das Holz. Während sie auf die Wirkung der Säure wartet, schläft sie ein.

Am nächsten Morgen, nach ein paar Stunden, hat die Salzsäure sich fast durch das Holz gefressen. Perfekt. Anna fährt in die Großstadt, wo keiner sie kennt, geht in mehrere Farbengeschäfte und Baumärkte und kauft dort eine Staffelei, Zeichenblock, Leinwand, Farben, Pinsel, eine Tasche, alles, was sie zur Tarnung ihrer Rache braucht.

Der Nachbar kommt nun fast täglich, um sich nach dem Wohlbefinden der kleinen Katzen zu erkundigen, und jedes Mal bringt er Geschenke mit: Katzenfutter, Katzenspielzeug, Katzenstreu, einen Kratzbaum, ein Buch über die richtige Aufzucht von Katzen, Katzenhalsbänder. Anna mag den Nachbarn und seine Geschenke immer weniger, es sind ihre Katzen, sie hat ihnen das Leben gerettet, er hat kein Recht, die Tiere als die seinen anzusehen. Aber Anna schweigt, und sie weiß, warum sie schweigt: aus Dankbarkeit. Der Nachbar habe ihr in einer Krise beigestanden, jetzt müsse sie dankbar sein, denkt Anna, das gehöre sich so, man habe sie so erzogen. Wie sagt man? Bitte. Wie sagt man? Danke. Noch schlimmer als eine Krise sei die Verpflichtung zur Dankbarkeit, wenn einem jemand geholfen habe. Während die drei Kätzchen einer kleinen Stoffmaus hinterherjagen, die ihnen der Nachbar mit einer Schnur vor der Nase wegzieht, erzählt er von seinem unglücklichen Leben. Anna hört kaum zu, sie denkt an Wichtigeres und zählt die Minuten, bis der ungebetene Gast endlich wieder geht. Ob nicht seine Frau

auf ihn warte, fragt sie schließlich und bemerkt im nächsten Moment ihren Fehler. Sie hat das richtige, vielmehr das falsche Stichwort geliefert. Der Nachbar hört nicht mehr auf zu reden.
Als Künstlerin verkleidet geht Anna in die Natur hinaus. Sie baut ihre Staffelei auf und beginnt zu malen. In einer kleinen Flasche, auf der „Terpentin" steht, hat sie Salzsäure mitgenommen. Anna pirscht sich an die nächsten Hochstände heran, sieht sich um und sprüht die Säure auf die hölzernen Sprossen der Leitern, auf die obersten natürlich, um den Fall tiefer zu machen. Dann malt sie weiter, wechselt den Standort, andere Hochstände sind ihr Ziel. In ein paar Stunden wird das Holz mürbe sein und jede Belastung die Sprossen brechen lassen. Und der Vorteil dabei: man sieht nicht, daß an der Sprosse manipuliert wurde. Ein Einsägen würde man bemerken, es könnte dem Jäger eine Warnung sein, es könnte folglich alle Jäger beim Besteigen ihrer Schießplätze zu mehr Vorsicht animieren, wenn sich nach den ersten Abstürzen herumspricht, daß Hochstände angesägt wurden. Die Säurebehandlung hingegen gleicht dem natürlichen Verwitterungsprozeß oder einem Befall des Holzes durch Holzwürmer. Anna präpariert zehn Hochstände und malt vier Bilder. Sie ist zufrieden.
In den nächsten Tagen kontrolliert Anna die Ergebnisse ihrer Aktion. An sieben Hochständen sind die obersten Sprossen gebrochen. Spuren von Abstürzen oder Verletzungen, wie Blut an den Hochständen, kann sie nicht finden. Auch hat sie in der Stadt nichts von abgestürzten Jägern gehört oder in den Lokalzeitungen davon gelesen. Dennoch fallen ihr zwei Unfallopfer auf. Der Leiter der Bauernkammer trägt wegen eines Speichen- und Ellenbruchs seinen Arm in Gips, ein Unternehmer weist massive Kratzspuren im Gesicht auf. Beide befragt Anna, beide erzählen nichts von einem Sturz vom Hochstand. Der eine erklärt, er sei beim Radfahren zu Fall gekommen, der andere

verweigert die Auskunft. Eitel seien sie, denkt Anna, kein Jäger würde einen Sturz zugeben, sich zum Gespött machen vor seinen Kameraden, die ohnehin nur vermuten würden, der Verunglückte sei besoffen gewesen. Das komme ihrem Plan entgegen, es werde Monate dauern, bis die Ursache der vermehrten Stürze von Waidmännern bekannt sei und die Polizei mit Ermittlungen beginne. Und sie habe eine perfekte Begründung, warum sie ständig draußen sei. Sie sei eine Künstlerin, eine Malerin; ihr Motiv, ihre Inspiration die Natur. Nicht anders als bei vielen ihrer berühmten Kollegen. Van Gogh, Cézanne, Gauguin, sie alle malten in der Natur, gingen täglich mit ihrer Staffelei hinaus. Niemand werde eine Künstlerin verdächtigen, denkt Anna, die Kunst sei unverdächtig, der Kunst unterstelle man keine Attentate. Künstler seien harmlos, wirklichkeitsfremd, nur in ihren Werken mutig, wenn überhaupt. Noch dazu sei sie eine Frau, denkt Anna, Frauen traue man ohnehin nie etwas zu, sie sei doppelt unverdächtig, und wenn man noch ihr Alter bedenke, dreifach. Eine fast fünfzigjährige Hobbymalerin komme für diese Anschläge nie und nimmer in Frage.
Seit Anna malt, sammelt sie Zeitungsartikel über die Jäger, und sie findet zu ihrem Erstaunen häufig Artikel, die deren Schießwütigkeit beschreiben. Ein Jäger erschießt einen Lawinenhund, der Tage zuvor in einem Erdbebengebiet Menschenleben rettete, ein anderer tötet zwei Ponys in einer Koppel, die er, so gibt der Jäger an, in der nebeligen Dämmerung für Rehe hielt, nahezu regelmäßig werden Hunde, sogar wenn sie an der Leine gehen, erschossen. Mörder, denkt Anna, Mörder. Die Zeitungsartikel klebt sie in ihr Fotoalbum. Die letzten Seiten sind noch frei. Auf den vorderen die Geschichte ihrer Liebe, säuberlich eingeklebt und chronologisch. Das erste Foto von ihm, ihr erster gemeinsamer Urlaub, das Wochenende in London, er beim Tennis, eine Grillparty mit Freunden, sein Arm um ihre Schulter,

Weihnachten, der Hausbau, eine Betriebsfeier, Urlaub in der Karibik, wieder Weihnachten, mit den Jahren immer weniger Fotos, immer weniger, was sich lohnte in Erinnerung behalten zu werden, dann nur mehr Bilder von Weihnachten, der Baum stets an der selben Stelle, die Geschenke teurer, im Hintergrund alle paar Jahre andere Möbel. Das Album blieb nach der Scheidung liegen, keiner dachte daran, keiner wollte die Vergangenheit in die Zukunft mitnehmen. Ihr dürft niemals heiraten, sagt Anna zu den drei kleinen Katzen, heiraten zahlt sich nicht aus. Nur Kummer. Nur Leid. Am besten wäre es, man wäre gar nicht auf die Welt gekommen. Anna liegt mit dem Rücken am Boden, nur mit Unterwäsche bekleidet. Die drei kleinen Katzen steigen auf sie, klettern auf ihr herum. Wenn ein Tier auf dem wackeligen Fleisch den Halt verliert, setzt es seine Krallen ein. Anna zuckt zusammen, bleibt aber mit äußerster Anstrengung ruhig liegen. Die Katzen erforschen ihren Körper, die Oberschenkel, den Bauch, die Brüste. Ihnen sei es wenigstens egal, ob sie nun fett sei oder nicht, denkt Anna, Männer würden sich vor ihr ekeln. Vor ihren Fettringen um die Hüfte, ihrem leicht hängenden Bauch, ihren viel zu großen Brüsten, ihren schlaffen Oberschenkeln. Sie sei keine zwanzig mehr, denkt Anna, sie sei weg vom Markt, ein Auslaufmodell, der letzte Ramsch. Die Krallen der Katzen bohren sich in ihre Haut, Blutstropfen quellen aus den Einstichen hervor. Jeder Schritt der kleinen Tiere auf dem unsicheren Terrain bereitet Schmerzen. Die drei kleinen Katzen hingegen genießen ihren lebenden Spielplatz, raufen, rangeln, wälzen sich, lernen spielerisch die Bewegungen des Überlebens, immer wieder zuckt Anna zusammen vor Schmerz oder weil sie die rauhen Zungen der Kleinen auf ihrer gespannten Haut spürt. Das kitzelt, jeder Millimeter ihres Körpers steht unter Hochspannung, feine Härchen stellen sich auf, Gänsehaut, wie man sie bekommt, wenn Fingernägel über eine Tafel kratzen oder über Styropor. Anna zieht vorsichtig ihren BH aus. Schon tappt ein Kätzchen in die weichen Brüste, leckt das neugewonnene Land, während seine Krallen Halt suchen. Anna schließt die Augen, sie will nicht sehen, was geschieht, nur spüren, fremde Berührungen nach langer Zeit. Ihre Brustwarzen schwellen an, ragen den Tieren als verletzliches Spielzeug entgegen, das von Krallen traktiert und von Zungen liebkost wird. Annas Körper ist zerstochen und zerkratzt. Trotzdem bewegt sie sich nun mit Absicht, und augenblicklich fahren die scharfen Krallen der Katzen in ihr Fleisch. Rutscht ein Tier ab, hinterläßt sein Fall lange Kratzer, sein Wiederaufstieg tiefe Einstiche. Das zitternde Land ist erobert, entdeckt, aufgerissen, verletzt. Anna stöhnt. Schweißperlen rinnen in Hautfalten, Blut. Die drei kleinen Katzen ziehen ab, ermüdet von den Neuheiten des Tages hüpfen sie in ihren Korb, legen sich hin, nebeneinander, übereinander, Wärme gebend und Wärme nehmend, sodaß man in dem atmenden Haufen Fell kaum erkennen kann, wo die eine Katze beginnt, die andere aufhört, welche Pfote zu welchem Rumpf gehört, drei Tiere und letztlich doch eines. Auch Anna bleibt liegen. Sie ist glücklich. Ihre drei Babys haben überlebt und sind bei ihr. Wäre sie nicht gewesen, denkt Anna, die Kätzchen wären verhungert, elend verhungert, noch drei Tote, die der Schuß des Jägers verursacht hätte. Wie ist das Verhungern? Bereitet es Schmerzen? Gibt es einen Zeitpunkt, da der Körper keine Kraft mehr aufbringt für Schmerzen? Hätten die drei kleinen Katzen um ihr Leben geschrien? Wären sie langsam leiser geworden, verstummt? Hätten sie das Bewußtsein verloren, noch so etwas wie Hoffnung gehabt? Haben die verhungernden Menschen Hoffnung oder verschleiert der Hunger auch das Denken?

Überall in Annas Haus, sogar im Keller, hängen Bilder, die Nebenprodukte ihrer Rache. In der Kleinstadt hat sich ihr Talent längst herumgesprochen, der Nachbar hat seinen Mund nicht halten können. Die Genossenschaftsbank, die vierteljährlich ihre Räume mit Werken lokaler Künstler dekoriert, lud Anna für eine Ausstellung ein. Sie sagte zu. Ihre Tarnung sei perfekt, dachte sie. Was Anna aber wunderte, war, daß, obwohl sie bereits Hunderte Hochstände zur Falle verwandelt hatte, niemand von diesen Attentaten sprach, keine Zeitung darüber schrieb, nicht das leiseste Gerücht zu hören war. Vielleicht verheimliche die Polizei ihre Ermittlungen, dachte Anna, der Täter solle sich in Sicherheit wiegen, unvorsichtig werden. Anna schrieb an den Jagdverband. Sie sei Künstlerin, Malerin, schrieb sie, und bevorzuge Motive in freier Natur. Sie würde wegen der guten Aussicht gern die Hochstände benützen. Ob das möglich sei. Der Jagdverband antwortete prompt und hatte nichts einzuwenden, sie dürfe aber das Wild nicht stören und während der Jagdsaison nicht von den markierten Wegen abweichen, und sie müsse die Anordnungen der Jäger befolgen. Offensichtlich wisse der Jagdverband nichts, dachte Anna, würde man ihr sonst das Benutzen von Hochständen erlauben, wenn doch ständige Absturzgefahr bestünde? Egal. Anna intensivierte ihre Säureattentate. Jetzt hatte sie einen Grund und sogar die Erlaubnis, sich auf Hochständen aufzuhalten.

Im Osten erhellt die aufgehende Sonne langsam den Himmel, während im Westen noch die Nacht liegt. Anna besteigt einen Hochstand, packt ihre Malsachen aus, stellt die Staffelei auf. Stille, Anna empfindet Stille, obwohl das Zirpen der Grillen und der Gesang der Vögel die Luft erfüllen. Wie herrlich sich die Stille anhört. Der Lärm der Menschen, der nicht in die Natur paßt, fehlt: das Rattern der Traktoren, das Brummen auf der nahen Straße, die Stimmen der Spaziergänger und Radfahrer. Vor ihr äsende Rehe. Anna zählt achtzehn Tiere, die immer wieder den Kopf heben, wittern, ob ihnen Gefahr droht, horchen,

ob Ungewohntes sich nähert, schauen, ob das Stille sich bewegt. Ständig die schlanken, angespannten Körper zur Flucht bereit, keine Sekunde Ruhe, die Todesangst immer mit sich tragend. Hilflose Kreaturen, denkt Anna, wehrlos ausgeliefert allem Stärkeren, ihre einzige Waffe die Flucht. Wer in diese Ruhe schieße, müsse krank sein, nur ein Kranker sei fähig, den Frieden zu hassen. Anna formt mit ihren Händen eine Art Zielfernrohr. Zum Herrn über Leben und Tod spielt sich der Waidmann auf, vielmehr, er maßt sich an, selbst der Tod zu sein, weil er nicht Gott sein kann, weil er kein Schaffender ist, nicht im geringsten. Wer nichts erschafft oder schafft, kann nur zerstören, ausrotten, vernichten – was immer leichter und schneller geht als das Erschaffen und sogar endgültig ist. Der Zerstörung hebt die Schöpfung auf, sie steht über ihr.
Anna kennt sie alle, die Jäger aus der Kleinstadt: Trunkenbolde, Fremdgeher, Fettsäcke, Wichtigtuer, selbsternannte Edelmenschen. Und der Herr Baron. In seinem Schloß finden sich Hunderte Jagdtrophäen: Geweihe, Ausgestopftes, Felle, zur blutrünstigen Fratze präparierte Tiger- und Löwenköpfe, Elefantenbeine als Halterungen für Aschenbecher. Pervers, widerlich, obszön. Wie Kaiser Franz Joseph, der Kriegsverbrecher, auch ein Jäger und christlich, näher bei Gott, von Gottes Gnaden, wie viele andere Adelige, Geldleute, Großgrundbesitzer, Unternehmer, sie spenden lautstark, tragen an Fronleichnam den Himmel, wollen mit einem Fingerzeig über Leben und Tod bestimmen, Daumen rauf, Daumen runter, das Opfer auswählen, anlegen, abdrücken, auf der Jagd oder in Kriegen. Aber keiner von ihnen schafft etwas, sie sind nur die Erben, die Begünstigten, die Auftraggeber, die Mäzene. Andere erschaffen in ihrem Namen, und sie kleben ihren Namen an die Namen der Erschaffer, weil sie nur Geld vermehren, Handel treiben, Macht und Menschen mißbrauchen. Was sie erschaffen, ist die Zerstörung: zerbombte

Städte, verbrannte Dörfer, vergiftete Gewässer. Alles keine Kunst. Jeder Vollidiot kann mit einem Gewehr ein Tier abschießen, jeder Kretin ein Kunstwerk in Auftrag geben. Die Jagd ist keine Kunst. Und kein Künstler ist Jäger. Anna fällt zumindest keiner ein, außer Hemingway, aber der erschoß sich in Ermangelung von Heldentaten, über die er so gern aus der sicheren Entfernung geschrieben hat, am Ende selbst.

Kein Bild will gelingen. Seit Anna von der geplanten Ausstellung in der Genossenschaftsbank weiß, seit ihre Tarnung zum Hobby wurde, und ihr Hobby nun öffentlich werden soll, mißlingt ihr, festzuhalten, was sie fühlt; naturgetreu zu malen, was sie sieht, scheitert in Ermangelung einer Ausbildung ohnehin. Vielleicht sei es nur ihre Wut, denkt Anna, wahrscheinlich würden die Wut und die Ohnmacht sie hemmen. Mittlerweile ist es Tag geworden und laut. Der Verkehrslärm hat das Wild in die Wälder getrieben. Anna geht nach Hause. Am Weg präpariert sie noch einen Hochstand. Dieses Mal sprüht sie die Salzsäure nicht auf die Leiter, sondern auf den Bretterboden. Der Jäger solle sich seiner Sache sicher sein, sicher nach oben gelangen, denkt sie, wer hoch hinaus wolle, falle tiefer.

Annas Katzen sitzen auf dem Fensterbrett und starren in den Garten, der ihnen verwehrt bleibt. Nicht noch einmal will sie eins ihrer Kinder verlieren. Im Haus sind sie sicher, hier haben sie alles, Wärme und Fressen, draußen hingegen droht der Dschungel. Anna klebt, wie jeden Sonntagabend, Zeitungsartikel in ihr Album der Schrecklichkeiten. Die frei gewesenen Seiten sind längst gefüllt mit Berichten über schwarze Schafe in der Jägerschaft. Anna nimmt Fotos aus dem Album, um Platz zu schaffen für neue Berichte, Jahr um Jahr ihrer Ehe verschwindet. Sie zerreißt die Fotos, wozu sie aufheben, für wen. So viel habe sie in ihrem vorigen Leben übersehen, denkt sie, so blind habe die Liebe zu ihrem Mann sie gemacht, so blind die Gewohnheit,

als es längst keine Liebe mehr gab. Anna liest. Vom Vorsitzenden der Genossenschaft, der zugleich ein hoher Jagdfunktionär ist und sich mit seinen schießwütigen Spießgesellen ein besonderes Späßchen erlaubt hätte. Sie hätten ein gewöhnliches Schwein schwarz angestrichen und einem Kollegen vor die Flinte getrieben. Der habe in dem Glauben, eine Wildsau vor sich zu haben, sofort geschossen. Als er seinen Irrtum bemerkte, habe er sich geärgert, die Jagdkameraden hätten herzlich gelacht. Welch ein Scherz, welch ein Humor, denkt Anna, welchen Scherz planten die Herren als nächstes? Einen Flüchtling abschießen? Anna liest. Von irrtümlich angeschossenen Treibern. Oder doch kein Irrtum, denkt Anna, vielleicht als Irrtum getarnte Absicht?
Anna legt das Album weg und nimmt eine Dose Katzenfutter aus dem Kühlschrank. Die drei Katzen riechen das Futter, voll Erwartung rennen sie zu den Futternäpfen. Anna zieht sich aus. Ihr Körper ist übersät von frischen und verheilten Kratzern, als sei sie in einen Rosenstrauch gefallen. Anna liegt auf dem Boden. Sie schmiert sich das Katzenfutter auf den Körper, legt sich kleine Stücke Fleisch aufs Gesicht, auf die Brustwarzen, zwischen die Beine. Gierig betreten die Tiere das Schlaraffenland. Ihre rauhen Zungen lecken über Annas Haut, ihre Krallen hinterlassen blutige Spuren.
Die Jagdsaison ist vorbei. Stundenlang geht Anna spazieren und entdeckt dabei weder Rehe noch Hasen noch Rebhühner, auch an jenen Stellen nicht, wo sie immer Wild entdeckte. Ausgerottet, denkt sie, ausgerottet, gehe es in Wahrheit doch um die Ausrottung, die Auslöschung einer ganzen Art. Wie in vielen Gegenden nahezu alle Arten ausgerottet sind, wie bald auch in der ihren das bislang Selbstverständliche ausgerottet sein wird. Im Museum ausgestopfte Tiere: der letzte Bär, der letzte Luchs, der letzte Seeadler. Alles ausgerottet, ausrotten lautet die Devise. Die Angaben über den Wildbestand sind überhöht, die Ab-

schußzahlen werden niedriger angegebenen, ebenso die im Straßenverkehr getöteten Tiere, dazu die außerhalb der Saison illegal abgeknallten Stücke, ein Wunder, wenn im Frühjahr trotz der herbstlichen Massaker ein paar Überlebende auftauchen. Und wenn alles ausgerottet ist, was dann? Wer wird das nächste Opfer sein? Anna bekommt Angst. Tötet die Jäger, denkt Anna, tötet die Jäger.

Annas erste Vernissage war kein Erfolg. Ein einziges Bild wurde verkauft. Die Gäste beschäftigten sich lieber mit sich selbst denn mit der gezeigten Kunst. Der Bankdirektor hielt eine dämliche Rede, ebenso der Kulturstadtrat. Anna blieb eine Fremde, obwohl sie seit ihrer Geburt in der Kleinstadt lebt. Anna gehörte aber nie zur Schicht der Tonangeber. Ihre Eltern waren arme Leute, der Vater Tischler in der Fabrik, sie lebten in der Siedlung in einem kleinen Reihenhaus, wo alle Arbeiter lebten. Die Bürgerkinder wohnten in den großen historischen Prachtbauten am Hauptplatz oder im Villenviertel. Mußten Anna und ihr Mann sich jeden Ziegel ihres Eigenheimes erarbeiten, erbten die anderen und taten so, als sei auch erben eine Arbeit, eine Leistung. Die einen ihrer Alterskollegen hatten es zu akademischen Titeln gebracht, zu Gemeinderäten oder zu Vorstandsmitgliedern im Tennisverein, die anderen gingen erst gar nicht zu Vernissagen. Was Anna bei der Geburt hinten war, holte sie in fünfzig Jahren nicht auf. Auch nicht, wie sie gehofft hatte, bei ihrer Vernissage. Man ließ sie spüren, daß ihre Ausstellung nicht wegen ihrer Kunst, sondern wegen ihrer Herkunft zustande gekommen war, als Gnadenakt für eine Hiesige, als Chance für eine Anfängerin. Sie empfing ein Almosen, die anderen verfügten über die Macht des Gebens. Die Frauen der Tonangeber, in Beauty-Farmen runderneuert, richteten noch eine andere Waffe gegen Anna: ihre Kinder. Das Kinderkriegen als Kunst, mehr wert als jeder schöpferische Akt, so klang es. Die wahre Kunst sei es, keine

Kinder zu bekommen, dachte Anna, Kinder kriegen könne jedes Vieh. Der Bankdirektor ließ Sekt reichen. Auf die Kunst, sagte er, Prost. Anna schwor Rache. Viele der Tonangeber waren Jäger, die meisten. Viele würden noch abstürzen, dachte Anna, sie werde nicht ruhen, bis sie sich alle das Genick brechen oder zumindest die Eier quetschen würden, wenn eine Sprosse bricht, und der Schritt ins Leere geht.
Der Nachbar sah Annas stille Wut. Er kaufte ein Bild. Lautstark kündigte er seinen Kauf an. Er überlegte, die Bilder studierend und kommentierend. Alle Bilder würden ihm gefallen, sagte er, er müsse überlegen. Anna lächelte.
Trotz der Verkaufs, dem kein weiterer folgte, verließ Anna als eine der ersten die Vernissage. Sie täuschte Migräne vor. Die Aufregung, sagte der Bankdirektor und wünschte gute Besserung.
Anna fühlt sich müde und ausgebrannt. So viel ist geschehen in den vergangenen Jahren: die Scheidung, die Einsamkeit, das Unglück mit Kathi, ihr neues Leben, die Bilder, die Verantwortung für die drei kleinen Kätzchen, die Säureattentate. Andere in ihrem Alter würden im Kaffeehaus sitzen und auf die Enkelkinder aufpassen, denkt Anna, andere, zum Teil Jüngere, würden auf Kur fahren. Ohne sich auszuziehen, legt Anna sich aufs Bett, die drei Katzen springen ihr nach. Für sie ist kein Platz im Haus verboten, sie schlafen bei Anna. Auf ihr oder neben ihr, drei kleine Flecken Wärme, atmend. In diesem Moment ist Anna glücklich. Die drei Kleinen sind bei ihr, wieder ein Tag ohne Katastrophe überstanden, die Familie ist zusammen, so sollte es bleiben, immer. Sie müsse das Bett loswerden, denkt Anna, ein Doppelbett für eine Person sei das Eingeständnis, daß etwas fehlt, die Hoffnung, daß noch etwas kommt, die Erinnerung, daß etwas war. Aber ihr fehle nichts, folglich werde nichts kommen, und an früher wolle sie gar nicht denken. Es läutet. So spät?

Anna öffnet. Der Nachbar steht vor der Tür, mit ein paar Dosen Katzenfutter und einer Flasche Sekt in der Hand. Für meine vier Lieben, sagt er.
Der Nachbar und Anna sitzen am Boden, trinken Sekt und spielen mit den Katzen. Als der freundliche Herr das erste Mal nach Annas Hand greift, hält sie das für einen Irrtum. Beim zweiten Mal wehrt sie höflich ab, sie wolle das nicht, und im übrigen sei er verheiratet, beim dritten Mal ist der Griff des Nachbars stärker und seine Stimme unfreundlicher. Jetzt wolle er mit ihr spielen, sagt er, genug gespielt mit den blöden Katzenviechern. Anna bittet ihn zu gehen. Warum so spröde, sagt er, ein bißchen Spaß habe noch niemandem geschadet. Raus! Verschwinden Sie! Sie solle froh sein, wenn überhaupt noch einer sie besteigen wolle, sie solle sich doch einmal im Spiegel ansehen und ihm dankbar sein. Anna droht mit der Gendarmerie. Der Nachbar lächelt und zieht aus seinem Sakko ein Kuvert. Alles dokumentiert, sagt er, Fotos, Berichte über ihre Fahrten, die genauen Zeiten und Orte. Er habe sie verfolgt, beobachtet, fotografiert, seit Wochen, er wisse von ihren Salzsäuregeschichten, von den präparierten Hochständen, ihm könne sie nichts vormachen. Während der Nachbar erzählt und einzelne Fotos herzeigt, zieht er sein Sakko aus, knöpft das Hemd auf. Na und, sagt Anna, es sei doch bisher nichts Wesentliches passiert. Irrtum, antwortet er. Wortlos reicht er Anna einen Zeitungsausschnitt einer ihr unbekannten Regionalzeitung. Anna liest. Ein Jäger sei von einem Hochstand gestürzt. Genickbruch. Einer Ihrer Hochstände, sagt er und zeigt ein Foto. Dieser hier. Und warum er das Unglück nicht verhindert habe? Er mache sich doch mitschuldig. Der Nachbar zieht seine Hose aus. Er werde seine Beweise anonym an die Gendarmerie schicken, er komme nicht vor. Auf sein Zeichen hin – er deutet mit dem Kuvert – , zieht auch Anna sich aus. Der Nachbar greift in seine Unterhose, Anna sieht sein steif gewordenes

Glied. Wenn ihm einer die Katze abgeschossen hätte, würde er auch Amok laufen, sagt er, aber, wie heiße es so schön: du sollst nicht töten. Anna läßt Bluse und Rock zu Boden gleiten. Der Nachbar erschrickt, als er ihren zerkratzen Körper sieht. Nichts, nur die Liebe, sagt Anna. Noch einen Schluck Sekt? Der Nachbar hält sein Glas hin. Anna nimmt die Sektflasche, schenkt ein und drischt im nächsten Moment die Flasche auf seinen Kopf. Das Glas zerspringt, splittert laut. Der Nachbar hingegen sinkt langsam und leise zu Boden, wortlos, ohne Schrei. Im Fallen erst spritzt das Blut von seinem Kopf.

Ein böser Mann, sagt Anna zu ihren drei Katzen, die neugierig an der Blutlache schnuppern, ein böser Mann. Manchmal müsse man töten. Anna setzt sich auf den Boden. Sie taucht ihren Finger in das Blut, hält ihn den Katzen hin. Die Katzen schlecken ihren Finger ab.

Mit herzlichen Grüßen

[illegible]

Richard Weihs

DIE DACHHASENJAGD

DER „Dachhase“, wie die Katze in Wien auch genannt wird, hat mich von frühester Kindheit an begleitet. Diese fand im ländlichen Oberösterreich statt, und ein altes Schwarzweißfoto zeigt mich als kleinen Buben in enger Umschlingung mit unserer schwarzweißen Hauskatze „Stutzi“, beide fest schlafend.

Diese Idylle wurde jedoch durch einen schlimmen Zwischenfall empfindlich gestört. Stutzi hatte Junge gekriegt. Ich hob eine der kleinen Katzen zum Streicheln hoch und als sie mich kratzte, schleuderte ich sie im Affekt von mir. Sie flog über das Balkongeländer und stürzte aus dem ersten Stock in den Garten.

Ich kann mich an diesen Vorfall zwar nur mehr dunkel erinnern, sehr wohl aber an den Aufruhr, der folgte, als meine Untat entdeckt wurde. Statt der gewohnten liebevollen Zuneigung von Mutter und Oma schlugen mir plötzlich Abscheu und Entsetzen entgegen. Ich wurde mit bitteren Vorwürfen überhäuft und schließlich in das Zimmer geführt, in welches man das arme Opfer gebracht hatte.

Und was ich dort sah, hat sich mir unauslöschlich eingeprägt: Das mißhandelte Katzerl lag mit gebrochenen Beinchen auf einem weichen Kleidungsstück, daneben saß die Mutterkatze und schleckte das Kleine tröstend ab. Es war todtraurig – ein unvergeßliches Bild des Jammers!

An weiteres kann ich mich nicht mehr genau erinnern. Ich werde wohl geweint haben vor Trauer und Reue. Das kleine Katzerl hat, glaube ich, nicht überlebt – aber meine Mutter hat mir trotzdem verziehen. Die Schuld der bösen Tat jedoch, das Karma, wie es der Inder nennt, scheint mich durchs Leben zu begleiten.

Zur Buße hat es das Schicksal so gefügt, daß ich seit vielen Jahren einen großen Teil meiner Sommer damit verbringe, die Haustiere – vorwiegend Katzen – von Freunden zu hüten, die im Urlaub weilen. Ich füttere und streichle, entferne Kletten und Zecken, behandle triefäugige Katzenjunge mit Augentropfen, verabreiche Tierkohle gegen Durchfall und schmuggle sogar Katzenantibabypillen in blutige Leberstückchen.

Absolute Spitzenwerte erreicht dieses Karma-Yoga – wie der Inder tätige Reue zu bezeichnen pflegt – aber bei Rettungsaktionen vorwitziger Jungkatzen, die ihre Kletterkünste überschätzt haben. Da werden hohe Bäume bestiegen und steile Scheunendächer erklommen, um kleine Fellbündel, die zuerst erbärmlich miauen und anschließend infam kratzen, aus luftiger Höhe zu bergen.

Die spektakulärste Aktion dieser Art ereignete sich gleich zu Beginn meiner Karriere als Katzenpfleger. Meine Schwester war mit Mann und Hund nach Griechenland gereist, und ich bezog ihre Dachwohnung, um dort die hochträchtige Siamkatze Sara zu betreuen. Prompt kam das Tier gleich in der ersten Nacht nieder und brachte sechs entzückende Katzenbabys zur Welt – und zwar in meinem Bett.

Auch die nächsten Nächte waren dann durch ein hohes Maß an Schlaflosigkeit gekennzeichnet. Zwar waren die Jungen aus dem Bett in einen Schlafzimmer-Wandschrank verlegt worden, wo sie sich zwischen Leiberln und Pullovern zusammenkuschelten – jedoch überkamen die Katzenmutter regelmäßig schwere Zweifel über die Sicherheit des Verstecks, denn mitten in der Nacht begann sie immer wieder, die kleinen Katzerln von einem Wandschrank in den anderen zu übersiedeln.

Unermüdlich pendelte Sara, ein Katzenjunges im Maul tragend, zwischen den beiden Kästen hin und her, während die alleingelassenen Babykatzen in beiden Nestern hundserbärmlich schrien und fiepten. Das Stimmvolumen kleiner Siamkatzen ist erstaunlich und an Penetranz kaum zu überbieten – vor allem, wenn man eh schon schwer übermüdet ist ...

Aber nach den Prüfungen der ersten Nächte beruhigte sich die Lage langsam, die Kätzchen wuchsen und gediehen, öffneten die Augen, unternahmen ihre ersten hoppertatschigen Gehversuche und begannen, den Boden durch eine beeindruckende Anzahl von Lackerln in eine ausgedehnte Seenlandschaft zu verwandeln.

Der Aktionsradius der kleinen Bestien erweiterte sich von Tag zu Tag, die Wohnung wurde Pfotentapser für Pfotentapser erkundet, und schließlich kam es zu ersten Kletterversuchen auf der Dachterrasse. Vom Boden auf den Blumentrog, vom Trog auf das Blumentopfgestell, vom Gestell schließlich auf das Terrassengeländer, stets wachsam beäugt von der treusorgenden Katzenmutter.

Irgendwann muß ihre Aufmerksamkeit aber nachgelassen haben, oder ihre Erziehungsmethoden waren falsch konzipiert, denn als ich eines Abends heimkam, war von den sechs Jungen nur mehr ein einziges in der Wohnung anwesend. Auf die Terrasse geeilt, vernahm ich sodann mitleiderregendes Gemaunze. Ich beugte mich über das Geländer – und siehe da: Einige Meter die Dachschräge hinunter saßen die fünf abgängigen Mini-Miezen in der Dachrinne fest.

Die gute Sara machte jedoch keinerlei Anstalten, ihre Brut aus dieser mißlichen Lage zu befreien, und so lag es an mir, die wertvollen Rassetiere vor Absturz oder Hungertod zu bewahren. Hinzuzufügen wäre vielleicht noch, daß ich gerade von einem Fest gekommen war und mich in einem einigermaßen bekifften Zustand befand – also nicht unbedingt die besten Voraussetzungen für eine schräge Kletterpartie mitbrachte.

Nichtsdestotrotz schwang ich mich kurzentschlossen über das Geländer und ließ mich langsam und sehr vorsichtig zu den gestrandeten Ausreißern hinunter. Ich bekam den ersten zu fassen und machte mich wieder an den Aufstieg zur Terrasse. Dies gestaltete sich umso schwieriger, als das fiese Biest meinen heldenhaften Rettungseinsatz mit dem gnadenlosen Gebrauch seiner kleinen Krallen quittierte und sich auch sonst nicht besonders kooperativ verhielt.

Trotz dieser erschwerten Umstände gelang die Aktion, die daraufhin aber noch viermal wiederholt werden mußte: Ein Katzerl nach dem anderen wurde über das Dach nach oben gehievt und auf die Terrasse in Sicherheit gebracht. Ihre Mutter verfolgte das Unternehmen zwar mit Interesse und nahm die geretteten Katzenkinder auch freundlich in Empfang, rührte aber weiterhin keine Pfote zu meiner Unterstützung. Vermutlich eine Degenerationserscheinung aufgrund rassenreiner Überzüchtung ...

Bald nach dieser denkwürdigen Dachhasenjagd kehrten Schwester und Schwager aus dem Urlaub zurück und waren schwer entzückt von den reizenden Kätzchen. Diese gingen allerdings schleunigst in Deckung, als der ebenfalls heimgekehrte Hund ins Zimmer trottete und freundlich schnüffelnd Bekanntschaft schließen wollte. Aber nichts da: Aus jedem Gitter der Fußbodenheizung, an dem er interessiert schnupperte, schoß ihm ein fauchendes und kratzendes Fellknäuel entgegen, das seine empfindliche Schnauze erbarmungslos attackierte.

Schwer verstört zog sich das arme Hundsviech zurück und ließ sich im Vorzimmer deprimiert zu Boden fallen. Ich hab mich dann dazugesetzt und ihn getröstet. Hunde mag ich ja auch gerne. Ich finde sie genauso lieb wie Katzen. Mindestens. Und blöd herumkraxeln tun sie auch nicht.

Miau oder auch nicht –
je nachdem, wie ihr grad is
11.12.00 T. Korosa

Traude Korosa

KATZEN-LES-ART

eine tratscherei

ich greife mir die dinge, die ich brauche, tanze im sonnenstrahl unterm fenster, strecke mich elegant, wie es meine art ist und werd euch ein wenig über meine katzen-les-art erzählen: manchmal bevorzuge ich ganz neue bücher, experimentellen inhalts, dünne bände – gelegentlich nasche ich auch ein wenig an goethe, der is falsch gereiht und steht gleich neben dem dtv lexikon, der west-östliche diwan hat einen besonders schmackhaften cover, schon ein wenig abgegriffen, gebunden natürlich, ich nasche hauptsächlich an gebundenen büchern, dem goethe fehlen schon ein paar ecken, die hab ich vor einer woche, wenn ich mich recht erinnere ... dafür gab's nämlich sanktionen – meine oberkatze hat mich daraufhin einen ganzen tag lang immer aus ihrer nähe vertrieben, daß sie so auf diesen west-östlichen diwan steht, also, das hat mich schon sehr verletzt, irgendwann dann am abend hab ich ihr halt verziehen, sie hat eine wunderbar kuschelige weiche decke, unter der ich oft schlafe – und das wär mir nämlich sonst entgangen, also hab ich ihr einfach verziehen, hab eben katzengröße gezeigt! aber auch sonst lieb ich einiges, ganz besonders den fabian vom kästner, das is eine ddr-ausgabe, so wie ein dreigroschenroman – nein, an dem vom brecht hab ich noch nie genascht, brecht mag ich nicht, der riecht so merkwürdig – den fabian aber, den lieb ich heiß, hab ich sogar schon die erste seite gefressen, ich sag's euch, ein wahres zuckerlecken, wenn ich auf zucker stehen würde, tu ich aber nicht, das stilwörterbuch, das is auch nicht zu verachten, da mag ich die farbe so gern, soweit ich sie eben wahrnehmen kann, weil nämlich, wir katzen sehen ja keine farben, eigentlich sehen wir nur in der bewegung gut, und bücher sind faule dinge, bewegen sich nicht, außer ich schubs mal eines – und das stilwörterbuch fällt so toll, schwer und dick wie es is, immer ganz blöd auf den rücken, passiert *mir* nie, niemals! einmal hat's ziemlich stunk gegeben, ich erinnere mich gut daran, war ein wunderschöner warmer sommertag, die fenster dicht geschlossen, was ich absolut hasse, brauch licht und luft und sonne, lieg dann mit vergnügen im fenster, die oberlichte offen, lasse mir die sonnenstrahlen aufs schwarzglänzende fell scheinen, da merken sie dann aber alle, daß ich eine betrügerin bin, weil nämlich in der sonne mein wahres fell zum vorschein kommt, bin nämlich dann dunkelbraun, sehr dunkelbraun zwar, mit tigermuster, ja, also, das is der einzige nachteil am sonnen, jetzt hab ich den faden verloren – ahja, wollt vom riesenstunk erzählen, also da is ein wunderschöner sommertag, alles dicht geschlossen, kein oberlicht offen und meine oberkatze sitzt am tisch, mißachtet mich konsequent, nicht mal gefüttert hat sie mich, solch eine vernachlässigung kann ich wirklich nicht dulden – sitzt also am tisch und liest, und was und wie sie da liest, gelesen hat, das hat mich buchstäblich zur weißglut getrieben! bereits tagelang hat sie gelesen – immer nur anna seghers, bücher sind da am tisch gestapelt, keine aussicht, daß sie in den nächsten tagen damit aufhört, eines is ihr überhaupt vom tisch auf'n boden gefallen, da hab ich meine chance genützt! ja das hab ich, hab einfach draufgepinkelt, na, da war aber der teufel los, sag ich euch, *ich* könnt mich nicht mehr aufführen, wenn *mir* jemand von den anderen menschlichen katzen mein futter stehlen würde! so eine katzenreaktion hab ich bei einer menschin noch nicht gesehen, die hat da ihr fell gesträubt, die augen sind riesengroß, zwei riesige feurige räder geworden, gerollt hat sie sie, hab schon geglaubt, sie wirft sie in meine richtung, hätt ja sein können, daß sie sich in der luft in zwei schwerter verwandeln, die mich durchbohren, gefürchtet hab ich mich, gefürchtet, sag ich euch, ihre haltung, drohend, bedrohlich, äußerst bedrohlich! die hätt jeder katze zur ehre gereicht, und schreie hat sie ausgestoßen, ich dachte, das jüngste katzengericht käme da jetzt über mich, das jüngste katzengericht, also, den tag werd ich wirklich nie und nimmer vergessen, und das alles nur, weil ich die seghers angepinkelt hab, so eine überreaktion! seit damals hab ich was gegen die seghers, wirklich, ich mach einen bogen um sie – ach ja, mein absoluter liebling is der celan, der is einfach toll, da sitzt meine oberkatze nämlich dann, so völlig entspannt sitzt sie, und ich darf neben ihr kuscheln oder auch auf ihr, das is ihr dann völlig egal, in stellungen darf ich dann auf ihr liegen, die sie sonst – empfindlich wie sie is und egoistisch – die sie sonst als ungemütlich empfindet und mich stets vertreibt, ein wahrer katzenjammer ist das mit ihr, wirklich – aber mit dem celan is ihr das egal, sie streichelt mir dann ganz hingebungsvoll meinen rücken, ich schnurre ein bißchen, schmieg mich noch enger an sie, manchmal liest sie mir laut vor, das lieb ich ganz besonders, is wie katzenmusik, celan rieselt mir dann durch meinen katzenkörper, ganz warm wird mir und sonnig, ich spiele fangen mit den wörtern, ihre stimme kitzelt meine nase, der celan ist der allerhöchste genuß in dieser wohnung, mein allerhöchster genuß, sag ich euch! bücher gibt's da jede menge, bücher bestimmen da wirklich mein leben, mein größtes katzenleid aber is die buchmesse, da fährt sie nämlich zweimal im jahr hin, zweimal im jahr verschwindet sie, läßt mich da katzenseelenallein zurück in meinem katzenjammer, in meinem katzenkummer, tagelang is sie schon ganz aufgeregt, kramt in meinem schlafzimmer herum, holt ihr gewand heraus – ich schlaf nämlich in ihrem kasten, wenn ich nicht bei ihr schlafen darf – kramt da alles gewand zum vorschein, zu meinem katzenleid wird sie dann nachtaktiv, und ich bin obdachlos, muß mir einen neuen schlafplatz suchen - auch dann is stunk angesagt, ein kleiner nur, weil nämlich ihre schönsten pullover voller katzenhaare sind, und dann, wenn der trolly gepackt ist, verschwindet sie einfach, gutgelaunt, nicht einmal einen blick hat sie für mich, weg is sie, für eine katzenelendlange zeit, findet's oft nicht einmal der mühe wert, sich bei mir zu verabschieden, ja und dann beginnt meine leidenszeit, dann hab ich das buchmessensyndrom, sagt die tierärztin, ich muß nämlich ganz zwanghaft die ganze wohnung vollpinkeln, bis sie wieder kommt pinkle ich alles voll, was nur irgendwie anzupinkeln ist – teppiche, polstermöbel, alles was mir eben auf meinen einsamen katzenwegen so begegnet, das ist meine wirkliche tragödie in diesem katzenleben, ja, meine wirkliche tragödie, und dann, nach einer woche kommt sie, sprudelt über voller geschichten, die mich aber wirklich nicht interessieren, nicht mal katzenleckerli bringt sie mir mit, keinen gedanken hat sie an mich verschwendet, eine woche lang keinen einzigen gedanken! so ist das! jetzt kennt ihr meinen wahren kummer: die buchmessen mag sie lieber als mich! da können mich auch die neuen bücher nicht trösten, die sie anschleppt, auch die können mich dann nicht trösten! aber jetzt hab ich euch die ohren vollgequasselt, ich weiß, ich rede viel, bin nämlich eine burmaabstammung und die reden so viel, sagt meine oberkatze, ich muß sowieso aufhören, weil nämlich, die sonne scheint so verlockend zum fenster rein, die oberlichten sind offen, und ich muß mich sofort ins fenster legen und da ein wenig schlafen, während die sonne mein fell wärmt ...

Für die Nils-Schwester
– makabre Geschichte –
gewidmet v. Harald Friedl

Harald Friedl

DIE FRESSBÜHNE

EINE Stubenfliege wurde von Georg im Fluge erwischt und zu Boden gerissen. Mit beiden Pfoten hielt der Kater das summende Opfer fest. Als er es mit seinen Zähnen schnappen wollte, entkam ihm die Fliege und segelte in einer Spirale davon.
Mit einer schlangenhaften Bewegung des Halses beobachtete Georg den Weg der Fliege, bis diese sich an der Decke niederließ.
Leo drehte den Kopf langsam nach beiden Seiten. Selbst wenn Leo die Pupillen in den äußersten Augenwinkel lenkte, konnte er nicht mehr hinter seine Schultern blicken. Er fühlte den Widerstand, der im Genick gewachsen war wie ein Geschwür und der auch in den kommenden Wochen weiter zunehmen würde, bis Leo seinen Kopf gar nicht mehr drehen und nur noch gerade vor sich hin blicken könnte.
Georg rollte sich am Boden, wie er es sonst nur tat, wenn er eben eine Maus zu Tode gequält und das Spiel mit ihrem Leben zu früh entschieden hatte. Dann schubste er die tote Maus am Boden herum, als versuche er, sich in den Bewegungen des Leichnams einen Funken Leben vorzustellen. Sein Kampf mit der toten Maus wurde mit Ernsthaftigkeit vollführt, als sehe er in ihr einen großen, ebenbürtigen Gegner, der ihm an die Gurgel gehen will.
Mit einem Kugelschreiber zeichnete Leo ein Strichmännchen auf

das Tischtuch. Einen Kreis für den Kopf, einen senkrechten Strich für den Oberkörper, ein A ohne Querstrich und schließlich zwei waagerechte Striche ein Stück unterhalb des Kreises. Zwei Punkte als Augen, einen Beistrich als Nase. An die Stellen der Gelenke zeichnete Leo Verdickungen, das ganze Rückgrat entlang einen Punkt nach dem anderen.

Wie diese Kette von Knotenpunkten stellte sich Leo sein Rückgrat vor.

Georg hüpfte auf den Sessel. Er bot den Blicken Leos seinen weißen Bauch dar, den grau getigerten Fleck darauf, der wie ein verkleinertes Spiegelbild seines Rückens wirkte. Dann riß er sein Maul auf und gähnte.

Der Kochtopf dampfte, und Leo blickte zur Küchenuhr. Hast heute schon deine halbe Dose gehabt, Georg, sagte Leo.

Georg maunzte.

Leo stützte sich auf den Küchentisch und erhob sich, um nach dem Gulasch zu sehen.

Georg verstand das Aufstehen Leos falsch und lief zu den leeren Futternäpfen.

Leo nahm den Deckel vom Topf und stocherte mit dem Kochlöffel in der braunroten Brühe herum. Einige unzerkochte weiße Zwiebelstücke tauchten an die Oberfläche.

Um halb sieben würde er essen.

Er ging zum Waschbecken, um Wasser in ein Glas zu füllen. Unter dem Becken stand eine leere Porzellanschüssel mit Resten von Milch. Daneben eine Plastikschüssel mit angetrocknetem Dosenfutter.

Na gut, du bist noch jung, sagte Leo und blickte hinab zu Georg, der sich an seinen Knöchel schmiegte. Leo öffnete den Kühlschrank und nahm die am Morgen angebrochene Dose heraus. Er stützte sich mit dem linken Arm an Rand des Waschbeckens ab und beugte sein rechtes Knie. Dann krümmte er den

Rücken, um mit dem rechten Arm bis an die Wand zu reichen, denn so weit hatte der Kater seinen Napf während des Fressens geschoben.
Mit der Fingerkuppe bekam Leo die Schüssel zu fassen. Er zog sie näher zu sich heran, bis er sie zwischen die Finger nehmen und aufstehen konnte.
Leo nahm einen Löffel und kratzte Futter aus der Dose. Er hätte das Futter auch schaufeln können, indem er den Löffel tief in die schleimige Masse taucht, aber er mochte den Reflex der Katzen, wenn sie das scharrende Geräusch vernehmen, das entsteht, wenn der Löffel über die gerippte Innenseite einer Dose kratzt. Mit aufgestelltem Schweif umschmeichelte Georg Leos Unterschenkel, maunzte und federte zur Schüssel.
Leo mußte es seiner Tochter endlich sagen, er mußte sie bitten, für Georg eine Art Freßbühne bauen zu lassen, vierzig, fünfzig Zentimeter hoch. Das Podest müßte so bemessen sein, daß der Kater und zwei Schüsseln Platz darauf hätten.
Leos Körper wurde von Woche zu Woche steifer. Bald würde sich gar nichts mehr an ihm beugen lassen. Der Nacken nicht, die Arme nicht, das Rückgrat nicht.
Auch die Lider würden nicht mehr zucken und nur noch müde die Augäpfel verhängen.
Leo blinzelte.
Er sah den Kater an, der sich zufrieden das Maul leckte, wie er langsam die Augen schloß und sie wieder öffnete. Leo blickte unter die Abwasch und bemerkte, daß Georg den Freßnapf wiederum bis zur Mauer geschoben hatte.
Und wegen der paar Bissen mußte ich zum zweiten Mal heute unter das Waschbecken kriechen? fragte Leo.
Seine Tochter sollte eine Freßbühne besorgen, damit Leo sich nicht mehr so tief zu bücken braucht. Ein Mal täglich bisher, ab morgen zwei Mal täglich womöglich. Was Katzen ein Mal wider-

fährt, erkennen sie als selbstverständliches Recht. Und sie werden es sich herausnehmen. Georg wird künftig auch abends beharrlich um Futter betteln.

Katzentisch wäre ein vielleicht freundlicherer Begriff als Freßbühne, erwog Leo und auch, sich die Idee patentieren zu lassen. Katzentische aus Plastik, mit zwei Stufen vielleicht, die auf eine Bühne führen, auf der in Vertiefungen zwei herausnehmbare Näpfe sind.

Wie sehen Katzen Menschen? Als hypertrophe Artgenossen? Als mysteriöse Geheimnisträger, die nie versiegende Futterquellen anzuzapfen wissen? Als routinierte Reiniger von Katzenklos? Als Essen auf Rädern?

Essen auf Krücken bin ich für dich, Essen auf Krücken, sagte Leo mit gesenkter Stimme. Wenn Leo diesen Ton anklingen ließ, maunzte Georg, als suche er mit Leo einen Dialog.

Leo hoffte, daß Georg sich neben ihn setzen würde und er ihn streicheln könnte. Doch Georg blieb am Boden und leckte sich die Tatzen. Dann strich er die angefeuchteten Pfoten über die Ohren, über den Kopf.

Leo hob den rechten Arm an, um zu sehen, ob er mit dem Oberarm über seine Wange streichen könnte. Der Arm ließ sich nicht weit genug heben, und Leo fiel das Nähmaschinenöl ein, mit dem er vor ein paar Tagen die Scharniere der Küchentür eingeschmiert hatte.

Er blickte zur Küchenuhr. Halb sieben. Nun wollte er essen, egal, wie zerkocht die Zwiebel, egal, wie weich das Fleisch war. Leo war stolz darauf, daß er trotz seines Alters die Dienste von Essen auf Rädern nicht in Anspruch nahm. Er hatte die Wahl, was er genießen wollte. Heute: fünfzig Prozent Zwiebel und fünfzig Prozent Fleisch, Hüferl vom Rind, in einem Topf gekocht. Mit Salz, Pfeffer, Majoran und einem Schuß Essig. Dazu Schwarzbrot, doppelt gebacken.

Leo schöpfte das Gulasch in den Teller, schnitt eine dicke Scheibe Brot vom Laib und trug beides zum Küchentisch. Er rührte mit dem Löffel im Gulasch herum und blies den Dampf weg.
Georg stützte eine Vorderpfote auf die Tischkante und wippte mit seinem Körper hin und her, als setze er zum Sprung an. Das strenge Nein Leos ließ ihn zurückschrecken.
Leo mußte konsequent sein. Auf dem Eßtisch hat eine Katze nichts zu suchen. Frühere Katzen, die er und Christine gehalten hatten, waren viel strenger erzogen worden als Georg.
Leo biß vom Brot ab, führte den Löffel zum Mund und schlürfte den Saft. Essig richtig dosiert. Weniger Pfeffer wäre besser gewesen. Leo kaute und schöpfte ein Stück Fleisch auf den Löffel.
Georgs Vorgängerin Clara hatte am Wohnzimmersofa und in den Fauteuils liegen dürfen. Und zuletzt sogar im Doppelbett. Nur hinsichtlich Anrichte und Küchentisch hatte sich Leo gegen Clara und Christine durchgesetzt.
Das Fleisch war weich, die Zwiebel ausreichend zerkocht.
Ein Film mit kleinen grünen Männchen, die die Welt erobern wollen, hatte Christine auf die Idee gebracht, die tote Clara zu konservieren. In dem Film gab es die Figur einer senilen alten Frau, die mit ihrer ausgestopften Katze spricht und sie streichelt, als lebe sie noch. Leo hatte Christine davon zu überzeugen versucht, daß nur Perverse ihre toten Haustiere ausstopfen. Und doch hatte er seine Tochter angerufen und sie gebeten, ihn zum Präparator zu fahren.
Am Boden sitzend, blickte Georg zu Clara hinauf. Dann sprang er auf die Anrichte.
Georg, runter! wollte Leo ihn anherrschen. Doch er hatte den Mund voll Gulasch, und nur ein dumpfes Zischen drang durch seine Nase.

Georg setzt sich neben die Saftpresse und blickte durch die Küche, als ermesse er ihre Dimensionen zum ersten Mal.
Leo stand auf, ging zum Herd und schöpfte Gulasch in den Teller. Kein Wunder, dachte er, daß Georg immer wieder auf die Anrichte springt. Clara steht ja auch da oben.
Beiden, ihm und der Tochter, war es unendlich peinlich gewesen, als sie die auf einem Brett befestigte Katzenskulptur beim Präparator abholten. So peinlich, daß Leo die völlig überhöhte Rechnung schweigend bezahlte.
Georg schlich über die Anrichte auf Clara zu und knurrte leise. Leo mußte grinsen. Runter da, sollte er sagen, er sollte schimpfen mit Georg, laut und scharf.
Leo setzte sich, schnitt eine zweite Scheibe Brot vom Laib und aß. Manchmal hatte er den Verdacht, daß ihn seine Tochter nur besuchte, weil sie bei ihm essen wollte, denn wenn sie kam, dann zu Essenszeiten. Sie meldete sich jedes Mal im voraus an. Seit sie geschieden war, kam sie öfter. Es freute sie nicht, nur für sich allein zu kochen, und es kam zu teuer, täglich essen zu gehen. Also besuchte sie ein, zwei Mal pro Woche ihren alten Vater und bekam zur Abwechslung etwas Besseres als Wurstsemmeln, Tiefkühlpizza, Gabelbissen, Kantinenmenüs.
Georg beschnupperte Clara.
Heute noch werde ich es tun, dachte Leo. Ich werde Clara in den Ofen stecken, gleich nach dem Essen, sobald die dicken Scheite etwas niedergebrannt sind und Platz in der Brennkammer ist für den sperrigen Staubfänger.
Georg reagierte auf den hellen Klang, der ertönte, als Leo mit dem Löffel gegen den Tellerboden stieß.
Ich werde mir noch etwas Gulasch holen, dachte Leo.
Georg sprang von der Anrichte und blickte unter die Abwasch. Dann trabte er zu seiner Schüssel, tauchte die Schnauze ins Futter und kaute schmatzend die gallertige Masse.

Leo würde sterben, wenn er von Essen auf Rädern abhängig wäre. Er würde sterben, wenn er keinen Paprika, keine indischen Gewürze, wenn er nicht reichlich Knoblauch zu sich nehmen könnte.
Obwohl Leo satt war, stand er auf und füllte seinen Teller ein drittes Mal.
Er würde sterben, so oder so, hoffentlich wie Christine, plötzlich, rasch und schmerzlos. Er würde sterben mit einem vollen Magen, in dem sich ordentliches Essen befindet, eine mit Gefühl und Geduld zubereitete köstliche Mahlzeit.
Während Leo ein flachsiges, halbzerkautes Fleischstück aus dem Mund zog, beobachtete er Georg, der seine Schüssel ausleckte. Gleich wird er um noch mehr Futter betteln, dachte Georg, doch er wird keines mehr kriegen, weil ich mich heute nicht noch einmal bücken werde.
Georg blickte Leo an und riß das Maul auf. Maunz nicht, sagte Leo. Er schnitt eine Scheibe Brot ab und biß hinein.
Sterben wie Christine, dachte Leo. Eigentlich hatten er und seine Frau vereinbart, keine Katze mehr zu nehmen, wenn Clara tot wäre. Sie waren zu alt, und die Wahrscheinlichkeit, daß eine junge Katze sie beide überleben würde, groß. Aber diese Übereinkunft hatte nach Claras Tod keine Gültigkeit.
Georg zwängte sich zwischen das Tischtuch und Leos Bauch, um auf seinem Schoß zu liegen zu kommen.
Na, wirst du mich überleben? sagte Leo.
Georg biß Leo in den Daumen. Mit den Hinterpfoten strampelte er, fuhr dabei seine Krallen aus und zog oberflächliche Kratzer in Leos Haut.
So ein verrückter Kater, schrie Leo. Georg legte die Ohren nach hinten. Er wollte spielen, Sprung nach dem Korken am Faden oder Rollender Papierknäuel oder Kratz den Leo oder so. Doch jetzt hatte der keine Lust, sich mit Georg zu befassen.

Clara war achtzehn Jahre alt geworden. In achtzehn Jahren wäre Leo Sechsundneunzig.
Das immer häufiger auftretende Aussetzen von einzelnen Herzschlägen, die offenbar nicht verloren gehen wollten und sich daher zwischen zwei folgende Schläge drängten, machte Leo angst.
Jeden Augenblick könnte Schluß sein, dachte Leo, und er blickte zur Küchenuhr, um jede neue Sekunde zu begrüßen, die der Zeiger nach dem Abhaken der letzten in Angriff nahm.
Hand aufs Herz.
Bumm.
Bumm.
Bumm.
Bumm.
Bu-bu-bumm.
Leo erschrak, riß die Augen auf und sog gierig die Luft ein. Ein leichter Schwindel befiel ihn. Oh, Gott, das Leben. Ich hätte weniger essen sollen, dachte Leo.
An sich sind Extrasistolen harmlos, Leo glaubte dem Arzt.
Im Prinzip.
Manchmal.
Wieder strampelte Georg, er wickelte seinen langen, biegsamen Körper um den Unterarm von Leo, verbiß sich in seine Hand und tauchte die Krallen in Leos Armbeuge.
Jetzt reicht's. Leo versetzte Georg einen Schlag, worauf der Kater beleidigt von Leos Schoß sprang.
Leo sah zu, wie in Punkten und in Bahnen Blut aus seiner Haut drang. Er mußte seine Tochter ersuchen, ihn täglich oder zumindest jeden zweiten Tag anzurufen. Schrecklich die Vorstellung, allein und tot in der Wohnung zu liegen. Während er den Teller füllt, plötzlich so etwas wie eine Detonation im Herzen zu spüren, brennende Schmerzen in den Armen ...

Leo stellte sich vor, wie er heißes Gulasch über sein weißes Hemd gießen, wie er umfallen und rücklings auf dem Küchenboden zu liegen kommen würde. Leo hörte sich stöhnen, er hörte die Antwort Georgs, wie er maunzen würde.
Leos Lider, anfangs noch weit offen, würden sich zu schmalen Schlitzen verengen. Das Weiß der Decke wäre der letzte visuelle Eindruck seines Lebens.
Leos Pupillen würden sich weiten, und er würde in jenen Zustand übergehen, der zwischen Leben und Tod liegt und dem nicht nur die alten Ägypter wunderbare Räume der Erkenntnis zuschrieben, weil sterbende Augen nur nach innen blicken und kein Unterschied zwischen groß und klein, zwischen nah und fern, dem Eigenen und dem Fremden für sie existiert.
Aus.
Vorbei.
Nichts würde Leo spüren von den Zärtlichkeiten Georgs, wenn der Kater ihn umschmeicheln würde, um gestreichelt zu werden oder um noch etwas Futter zu bekommen. Er würde überhaupt nicht verstehen können, daß sein Werben um Gunst unbeantwortet bleibt.
Georg würde seinem toten Menschen die Hände lecken, so wie jetzt, da Georg, weil er spürte, daß er eben zu weit gegangen war, die Zunge über die Haut des alten Mannes zog, die trocken und fleckig war wie die Rinde einer Birke.
Vielleicht soll ich noch einen Teller Gulasch holen, dachte Leo. Aber da drängte sich ihm das Bild wieder auf, er könnte vor dem Herd stehen, den Schöpflöffel in den Saft tauchen, ihn in den Teller entleeren, wenn seine Hände plötzlich vor Schmerzen beben und der heiße Inhalt des Tellers sich über sein Hemd ergießen würde.

Dann läge er da.

Am Küchenboden.
Leblos.
In Leos Vorstellung liegt er auf dem Rücken. Georg würde sich, wie er das schon immer gerne tat, auf den Bauch des Menschen betten.
Noch wäre der warm. Zweieinhalb Stunden würde Georg so verbringen und, wenn er aufwacht, Leo neuerdings drängen, sich mit ihm zu befassen.
Dann würde es gegen halb zehn sein.
Um zwölf beschnuppert Georg Leos Gesicht. Georg hat längst gemerkt, daß, egal, was er tut, sein Mensch ihn nicht verscheucht.
Um zwei Uhr nachts leckt Georg Leos Nase, seine Augen. Schließlich beißt er zärtlich in die Lippen, die ihm nicht mehr antworten, wenn er maunzt. Kein böses Wort, kein hysterischer Schrei ertönt, und Georg wagt, noch einmal zuzubeißen, weil Beißen nunmehr zum Repertoire des Erlaubten gehört. Georg würde, da er sich freut, seine Verhaltensweisen um dieses neuartige Spiel bereichert zu haben, wieder und wieder zubeißen, weil Lippen so weich und biegsam sind.
Fleischfasern treten hervor.

Leo hörte auf, Georg am Kopf zu streicheln, er wollte sich an die Lippen greifen.
Nein, das geht nicht, dachte Leo, ich bin ja tot!
Leo spürte die Körperwärme Georgs und tauchte seine Finger tief in das weiche Fell. Und obwohl ihn grauste, vor dem, was kommen würde, suchte er weiter eine Vorstellung davon, was Georg mit ihm anstellen könnte, sollte Leo plötzlich sterben und Georg langweilig werden.

Georg würde Leos offene Lippe lecken und, so vermutete Leo,

durch den Geschmack des rohen Fleisches an Mäuse erinnert. Auch beim Verzehren von Mäusen beginnt Georg mit dem Kopf. Der Kater würde rasenden Hunger bekommen, am verschütteten Gulasch riechen und es für den Verzehr als zu scharf befinden.

Georg beißt ein weiteres Mal zu. Er will Fleisch, er reißt wie wild an Leos Lippe, hält plötzlich inne und leckt die Mundregion Leos, als entschuldige er sich für sein unbändiges Vorgehen.

Vielleicht läutet dann das Telephon. Georg läßt von Leo ab und stürzt zum Apparat, weil Georg gewöhnt ist, daß Leo ihn tätschelt, während Leo telefoniert. Es wäre früher Morgen mittlerweile, und Leos Tochter erkundigt sich nach dem Befinden des Vaters. Sie würde annehmen, Papa wäre zeitig unterwegs, und sich vornehmen, vor dem Abendessen noch einmal anzurufen.

Georg bettet sich neben Leo. Die Vibrationen seines Schnurrens übertragen sich auf Leo, sodaß der steife Körper ein wenig fremde Lebensenergie übertragen bekommt, eine sanfte, aber kontinuierliche Massage.

Doch der hypertrophe Artgenosse kann nicht mehr streicheln. Der mysteriöse Geheimnisträger nie versiegender Futterquellen schläft
und schläft
und schläft.

Der Reiniger von Katzenklos, der freiwillig und täglich Wasser über seinen Körper fließen läßt, anstatt sich mit Speichel und Pfoten zu putzen, die herrschende, fauchende Stimme ist nicht mehr. Die warme Matratze ist kalt, das Katzenklo beginnt zu stinken, sodaß Georg auf den Teppich machen und erwarten würde, angebrüllt und unterbrochen zu werden ... ja, nicht einmal da meldet sich die laute Stimme.

Noch ein Mal testet Georg die Schärfe seiner Krallen an Leos

Schulter, noch ein Mal stößt er mit der Nase gegen Leos Ohren, noch einmal leckt Georg Leos Nase.
Georg steigt auf Leos Oberkörper. Vor seinem Kinn bleibt er stehen und sieht in die schmalen, ins Leere blickenden Augen. Georg schnuppert an Leos Mund, er beißt ruhig und fest in Leos Lippe und reißt ein Stück davon heraus.

Leo stellte sich vor, wie er aussehen würde, tot, ohne Lippen, mit blanken bis an die Zahnfleischränder entblößten Zähnen. Leo würde erwarten, daß der Kater gar nicht entsetzt wäre über das gräßliche Aussehen seines Menschen, daß der Kater ihn teils auf seiner Brust, teils auf seinem Gesicht liegend weiter beschnuppern würde, als wähle er von einer Aromastoffkarte den nächsten Gang des Menüs aus.

Georg probiert von Leos Wange und frißt ein rundes Loch hinein.

Leo wurde bewußt, daß er selbst zum Katzentisch würde, auf dem Georg fräße, daß er selbst Freßbühne und Futter zugleich würde, von dem Georg sich ernährte. Im Kaminofen würden nach und nach die letzten Glutnester ausgehen. Wenn Georg Hunger hätte, würde er sich Futter von seinem toten Menschen holen. Etwa die Augen, eines nach dem anderen, die er am Küchenboden herumschubsen würde wie eine tote Maus.
Nachdem es draußen kalt ist, und die Temperatur in der Wohnung rasch auf Außenwerte sinken würde, bliebe Leo gut gekühlt. Er würde Georg noch tagelang frische Nahrung bieten, lange genug jedenfalls, bis Leos Tochter zu Besuch käme, obwohl sie den Vater telefonisch nicht erreichen konnte, um sich zum Essen anzumelden. Und wenn sie gar länger als üblich fernbliebe, würde sie den Vater abgeschabt bis auf die Knochen vorfinden.

Leo betrachtete seinen Kater.
Du Schwein, dachte Leo. Ich werde dich ausstopfen lassen, neben Clara stellen, und ich werde mich täglich freuen, euch beide überlebt zu haben.
Leo öffnete dem Kater die Tür einen Spalt weit.
Georg zischte hinaus.
Wenn Leo gewußt hätte, wozu Georg fähig ist, dann hätte er nach Claras Tod keine Katze mehr zu sich genommen!

Nils Jensen

DIE FREUNDIN

Warum sie schließlich bei mir wohnte, weiß keiner mehr genau. Es hing wohl mit den speziellen Zeitumständen zusammen. Damals sang eine ziemlich schräge Country-Band irgendwas von „cats in the yarn" und von „our house" und vom gemeinsam leben in Großfamilienform und möglichst autark. Also machten schwere Schwarten mit Titeln wie „American Handyman" oder „Schwester Sonne, Bruder Mond – Leben auf dem Lande" die Runde.

Zur Grundausrüstung gehörten eine Katze, ein Shilum und möglichst feste Schuhe.

In der Zeit stand eine dreißigjährige Geschichte parteipolitischer Verwandlung gerade am Anfang. Die Macht war noch jung, also hungrig, also gesprächsbereit. Also ging da was weiter, in jeder Hinsicht. Freiräume taten sich auf, Spielwiesen wurden geschaffen und kräftig genutzt.

So kam es auch, daß sie bei mir einzog. Ich hatte immerhin eine 36 Quadratmeter-Wohnung (Zimmer, Küche, Kabinett), seit ich in die Hauptstadt gekommen war, um zu studieren. Das schaute so aus: ziemlich viele Jobs, ziemlich viele lange, angeregte, hitzige, ja mitunter sogar erstaunliche Diskussionen nächtlings, dazwischen schnell ziemlich viele Seminare, damit der heimatliche Minischeck nur ja nicht ausblieb.

Meine Katze (siehe Grundausrüstung) hieß Hafis und war ein

klassisches graugetigertes Tier mit hohen Beinen und ziemlichem Eigensinn. Sie jagte in Phasen besonderer Lust die Wände hoch, dann wieder hockte sie versonnen auf meinem Schreibtisch. Ich las ihr meine neuesten Gedichte vor, was sie nicht weiter störte. Beide waren wir Mary Jane zugetan, ohne aufeinander eifersüchtig zu sein. Und wenn wenig Geld da war, verschlangen wir dasselbe: Weißbrot mit Margarine. Eine feste Beziehung eben.
Obwohl sich in jenen Jahren einiges zu verändern begann, blieben gewisse Bereiche noch lange in der Mentalität des 19. Jahrhunderts stecken.
Mein lieber Freund P. beispielsweise.
Das heißt, er blieb nicht direkt stecken, mental, sondern die äußeren Umstände, die Sachzwänge brachten es mit sich, daß er mich eines Tages zur Seite nahm (herrlicher Frühherbsttag im Waldviertel; sie waren sich alle einig, die riesige ehemalige Mühlenanlage zu pachten und hierher zu ziehen und so weiter), und um Hilfe heischte. Und jeder von uns beiden wußte genau, daß eine negative Reaktion einfach nicht drinnen war, nicht nach Woodstock und „Freedom“ und dem letzten Sit-In, als die persischen Agenten vom Savak (pers. Geheimdienst unter dem Schah, Anm.) derart brutal prügelten, und die Wiener Polizisten sich schulterzuckend abwandten. Freund P. wollte, daß seine Freundin bei mir, nur kurzfristig, einzieht. Freund P. war nämlich verheiratet. Und stand kurz davor, von der wissenschaftlichen Hilfskraft zum Assistenten am Institut aufzusteigen, weitere Karriereschritte vorbehalten. Eine blöde Geschichte, und man muß zusammenhalten und Solidarität. Na eben.
Wenn die Wienerstadt so richtig erblüht im Frühjahr oder mitten im Indianersommer, und der Staub schläft, und die Wirtshäuser nicht jeden Freitag von fettig gebackenem Fisch stinken, wird sogar das betonierte Bachbett des Wienflusses bukolisch und regt zum Träumen an.

Schaute ich aus meinem Küchenfenster, dann mitten hinein in genannte Bukolika. Dicht daneben zog die knallrote Stadtbahn in elegantem Bogen vom sechsten in den fünfzehnten Bezirk und rumpelte und dröhnte über das grandiose Bahnbauwerk des Otto Wagner.
Kein beruhigender Anblick zu gräulichen Novembernebeltagen, aber heute war es herrlich, lau sogar, der Blick ungetrübt von Dunst- oder Abgasschwaden, die Katze war ungewohnt schnurrig – und ein Zimmer weniger. Denn sie war endlich eingezogen. Ps Freundin. Die Freundin des Freundes.
Sie war eine eingeborene Nordamerikanerin. Sie war wirklich und leibhaftig in Woodstock gewesen zum großen Sängerfest (Fotos lagen vor, die sie auch gerne herzeigte). Über Castaneda war sie bereits hinaus. Sie trug seidiges Blondhaar fast bis an die Fersen und sah auch sonst aus wie Barbies große Schwester.
Wenn man so lange als wissenschaftliche Hilfskraft Seminarthemen ausgeteilt und dem Professor die obligate Leberkässemmel mittags dargereicht hat, dann ist man besonders sensibel für solch unerwartete Begegnungen. Dann gibt‘s kein Halten mehr. Mit dem Resultat, daß besagte Begegnung jetzt bei mir das Refugium zugeteilt bekommen hatte und der zukünftige Professor (mittlerweile ist er ja eine internationale Kapazität am Sektor Kommunikation) ein besonderes Liebesnest. In seiner Not. Womit er und auch kein weiterer Beteiligter gerechnet hatte, rechnen konnte: mit der Katze Hafis' verschlungenen Lebensvorstellungen.
Für mich war‘s eine Selbstverständlichkeit, irgendwohin zu verschwinden, wenn Freund P. aufkreuzte und sie, die blonde Begegnung, nach langen Waschungen (ich besaß eine Badewanne, Luxus damals), endlich aufkreuzte und entweder James Taylor oder Crosby, Stills & Nash auflegte. Dazu kommt, daß ich meinerseits, sehr zum Wohlgefallen der Katze, meist zwischen

Rolling Stones, Pink Floyd und Kinks changierte.
War ich dann davongegangen (meist wandte ich mich an den nächsten freien Park oder gar verbotener weise in das gemauerte Bett des Wienflusses, wo ich mit Vergnügen einen Besuch bei Mary Jane absolvierte, um dann mit ihrer Unterstützung skizzierend und gelaunt dahinzuwandeln), mußte, denke ich mir heute, irgendwas mit Hafis passiert sein.
Entweder war sie böse, daß ich sie einfach so mit zwei Wildfremden allein ließ, die noch dazu eine psychische Katzenallergie hatten. Was sich äußerte in der Art und Weise der Ruhigstellung des Tieres: Es wurde während des gemütlichen Zweisamkeitsteils ins Nebenzimmerchen gesperrt. Und trotz Rufen, Klagen und Kratzen nicht herausgelassen. Naja.
Oder sie hielt die Musik nicht aus, die sie trotz geschlossener Türe zwangsläufig mitanhören mußte.
Oder, und das ist heute mein Hauptverdacht, sie vertrug es nicht, wie sich Ps Freundin zu fast jeder Gelegenheit anscheinend ritueller Waschungen unterzog. Womit einfach die halbe Küche belegt und unbenützbar gewesen.
Ps Freundin war Malerin. Zu der Zeit ausschließlich Aquarell. Sie tunkte den Pinsel ins Wasser, kaum in die Farbe, schon fetzte sie übers Papier, geradeso wie Hafis in ihren Lustanfällen über die Wände setzte. Als wollten sie alle beide irgendwie die Schwerkraft aushebeln.
Diese nette aktionistische Arbeitsweise verursachte gewisse, auch außerhalb des Aquarellpapiers, erstaunliche Farbeffekte. Beispielsweise auf der hellen, glatten Haut der Schönen. Was nach getaner Arbeit eine gute Waschung verlangte. Resultat: Ich konnte „Obscured by Clouds“ zweimal ohne Unterbrechung durchhören.
Es war, wie gesagt, eine Zeit der Veränderungen und mancher Neuerungen. Wir waren alle ziemlich gut miteinander, gestritten

wurde eigentlich nur um die Haare in der Badewanne, ansonsten eben love and peace und absolut.

Hafis empfand das anders. Sie reagierte schließlich dergestalt, daß Freund P. schon bald seine Schöne bei mir abholte, sich ein Jahr lang nicht meldete, und aus dem Wohnprojekt im Waldviertel nichts wurde, schließlich war er der bedeutendste Geldgeber der ganzen Gruppe.

Hafis, anschmiegsam, betörend und voller Liebe. Hafis, die Schwerkraftzerstörerin. Hafis, die verständnisvolle Literaturkennerin. Hafis kauerte sich ab einem gewissen Zeitpunkt (wenn die Schöne die Wohnung betrat) in die Badewanne und blieb dort. Kauernd. Wenn sich die Schöne dem blechernen Zuber näherte, begann Hafis zudem ausdauernd zu knurren. Zu knurren.

Wir starteten nur zwei echte Versuche, Hafis aus der Wanne zu kriegen. Dann gab die Schöne auf und wie gesagt – nichts wurde aus den „cats in the yarn" im Waldviertel.

Ich hätte die Wohnung nie aufgegeben, wäre nicht das überraschende Angebot aus D. gekommen, dortigen Persönlichkeiten das Reden und die Sager zu besorgen, auf daß sie uns noch besser zu täuschen vermögen. Naja.

Hafis kam aufs Land. Ein anderer Freund hatte wirklich eine Land-WG zusammengestellt, die über sechs Jahre hielt. Heute gehört sie dem Grafiker und Feng-Shui-Spezialisten R. (der übrigens damals kurzfristig mit Gras- und Strohbildern reüssierte). Hafis fraß den Leuten alles, was sie erwischte, vom Tisch (war bei mir nie so), bekam noch vier Würfe mit ausnahmslos graugetigerten Nachkommen und war eine begnadete Mäuse- und Vogelfängerin, bevor sie von einem Traktorrad zerquetscht worden ist. C'est la …

Verena Korosa

CAT CIVILISATION

– Part One –

SIE stupste die Wohnungstür auf und stellte den Einkauf ab, der an ihren Rücken geschnallt war. Das schaffte sie allerdings nur mit Hilfe der mechanischen Hände, die sie mittels Knopfdruck kommandieren konnte. Ach ja, es gab allerdings noch einige Lücken in dieser Zivilisation! Seit ihr Volk lesen und schreiben lernte, wie es die Menschen einst taten, versuchte es ständig, Unannehmlichkeiten dieser Art zu vermeiden – vergeblich!

Selina leckte sich instinktiv mit der Zunge über ihr weiches, goldenes Fell. Wieder mal Zeit für eine neue Farbpackung. Sie konnte sich gar nicht vorstellen, wie es ihre Vorfahren und Vorfahrinnen ohne Fellfärben aushalten konnten!

Selina war eine sehr nachdenkliche Katze. Schon in der Schule wurde sie gelehrt, daß die Menschen ihre Chance verpatzt hätten, indem sie einander töteten und die Erde verwüsteten. Aber hatte ihr Volk nicht denselben Fehler begangen? War es nicht genauso falsch, daß sie die Hunde vor langer Zeit ausgerottet hatten?

Sie tapste zum Fenster und blickte auf die Straße. Selina wohnte mit ihrer Tochter in einem Hochhaus in der Stadtmitte. Von hier aus konnte man noch einige Reste der menschlichen Ära

sehen. Riesige zerfallene Häuser standen verlassen in der Landschaft, inmitten von neuem, blühendem Leben.
Selina hatte immer Schwierigkeiten, sich vorzustellen, daß ihre Vorfahren einst von Menschen in engen Räumen gefangengehalten wurden ... aus Liebe.
Da waren zwei Zivilisationen so nah beieinander, und ...
Aber Selina hatte jetzt andere Sorgen. Zunächst mußte Mara, ihre Tochter, zu essen bekommen.
Oh, was für eine Schönheit Mara war! Sie hatte ein glänzendes, dichtes Fell, gelbe Mandelaugen und war außerdem pechschwarz. Auf den ersten Blick wurde sie häufig mit dem Supermodel Miez verwechselt.
Sie sah ihrem Vater so verblüffend ähnlich ...
Selinas Augen wurden traurig. Und schon wieder etwas, was nicht richtig sein konnte! Warum durften Katze und Kater in dieser Welt nicht ein harmonisches Leben führen?
Oh, trotz all dem Schmerz, den er ihr zugefügt hatte, trotz der kurzen Zeit, sie liebte Maras Vater immer noch ... nach über sieben Monaten!
Der traurige Ausdruck in Selinas Augen wich einem sehnsüchtigen Blick. Sie wischte ihre Gefühle mit der Pfote weg und brachte ihrer Tochter etwas zu essen.

– Part Two –

Gaya legte eine kurze Pause ein, um zu verschnaufen. Sie setzte behutsam ihr zitterndes Junges ab und leckte ihm liebevoll den Rücken.
Gaya wußte, daß ihr Sohn sterben mußte. Sie war verzweifelt. Niemand konnte, wollte oder durfte ihr helfen. Eines der wichtigsten Gesetze der Katzenwelt war, kranke Mitglieder nicht zu

behandeln ... um die Natur im Gleichgewicht zu halten.

Die junge Mutter leckte sich kurz über den Mund und nahm dann ihren kleinen Sprößling wieder zwischen die Zähne. Er war ihr einziges Junges gewesen, die anderen drei waren bei der Geburt gestorben. Sie wußte sofort, daß er keine Überlebenschancen hatte.

Jetzt rannte Gaya ziellos in den Straßen ihrer Heimat umher. Sie hätte ihn eigentlich töten müssen, da sie gar keine Milch für ihn bekam, aber sie brachte es nicht übers Herz. Er war ihr erstes Kind und sie sah nicht ein, daß sie ihn an die Natur opfern sollte.

Auf einmal spürte sie etwas. Mit einem Ruck blieb Gaya stehen und legte ihren kleinen Sohn auf die Erde. Er war tot.

Plötzlich war da nur noch unendliche, grausame Leere.

Lange, lange Zeit blieb Gaya bei der jungen Leiche und starrte den kleinen, leblosen Körper verzweifelt an. Was sollte sie jetzt tun? Sie war so einsam.

Sie war weit, weit weg. Ohne es wirklich zu merken, ging sie immer weiter durch die Stadt, die ihr einst so viel bedeutet hatte. Sie sah ihr gesamtes Leben und dann ihren Sohn vor dem geistigen Auge.

Ohne dabei anzuhalten, stieß sie einen kläglichen Schrei voller Schmerz aus.

Niemand hörte sie. Niemand wollte sie hören. Hilfe war in dieser Zivilisation verboten.

Gaya fühlte sich, als würde etwas ihr Innerstes fressen, all ihre Gefühle auslöschen und nur noch unendlichen Schmerz zurücklassen.

Sie ging immer weiter und weiter.

Nicht einmal, als sie beim Flußufer angekommen war, hielt sie an.

Gaya watete durch das Wasser, voller Verzweiflung.

Sie kam erst wieder zu sich, als sich ihr Fell mit Wasser vollgesogen hatte, und sie in die Tiefe des Flusses gerissen wurde ... und noch immer durfte ihr niemand helfen.

Sylvia Treudl

… LÄSST DAS MAUSEN NICHT

Ich mochte sie nicht. Das war mir in der ersten Sekunde klar. Nicht nur diese schrille, quieksige Stimme, die in meinen Ohren schmerzte. In erster Linie waren es ihre Hände. Diese kleinen, fetten Greifer, an deren einem Gelenk eine viel zu eng geschnallte goldene Uhr protzte, am anderen ein Armband, das wahrscheinlich zierlich wirken sollte, welches aber ebenfalls so stramm saß, daß es im Fett versank. Überhaupt schien sie nicht über Gelenke zu verfügen, weder an Händen noch Füßen. Das stößt mich ab, das ist so unelegant, reizt mich nicht, den Kopf zu reiben. Und dann die Finger – kurze Wülste, und die Nägel spitz zugefeilt – wozu meinte sie wohl, daß das gut sein sollte? – und in einem gräßlichen, bläßlichen Rosarot lackiert. Wo es ohnehin fast nichts zu bemalen gab, weil auch die Nägel so winzig waren. Die ganze Person irgendwie zu kurz geraten, und was an ihr nicht kleinteilig war, war fett. Vollmondgesicht mit steifer Dauerwelle, die mit einem scheußlichen Zeug festbetoniert schien – stechend-stinkende Miefwellen beleidigten meine Nase, wenn sie den Kopf schüttelte. Und das tat sie oft. Dann gruben sich böse Falten auf die Stirn, und der kleine angemalte Mund (bläßlich-gräßlich-rosarot) verkniff sich, bis er fast verschwand. Lächeln hab ich sie nur einmal gesehen, gleich am Anfang, das hat gelogen ausgeschaut, und mir war es lieber, wenn sie die Miene aufsetzte, die ihr zupaß kam. Dieses Lächeln war eine einzige Drohung. Und die zweibeinigen Türme werden es nie verstehen, daß man mit dem Zähnezeigen vorsichtig umgehen muß. Na ja, bei Meiner ist das was anderes, aber die hat bereitwillig gelernt, die ist eine, mit der es sich aushalten läßt. Obwohl ich bis jetzt nicht verstehe, was um alles in der Welt so wichtig war, daß sie mir das angetan hat. Vom großen Garten mit den vielen Bäumen hat sie mir erzählt, von dem geräumigen Haus, von versteckten Winkeln und sonnigen Fensterbänken, von „nur vorübergehend" hat sie gemurmelt, wie ein vertrotteltes Mantra immer wieder und wieder gesagt und erfolglos versucht, sich selber was einzureden – nicht mit mir; außerdem ist sie viel zu ungeduldig für kontemplative Techniken. Und mich mit solcher Inbrunst geknuddelt und gekrault, daß ich ihr schlechtes Gewissen selbst im Streicheln spüren konnte. Zerkaute Unterlippe und ganz wolkige Augen. Natürlich hab ich es ihr auch nicht leicht gemacht. Aber das Spiel mit dem Verstecken war dann gar kein Spaß mehr, ich bin beinahe freiwillig in den Korb, weil zu erkennen war, sie leidet mehr als ich.

Nach einer ziemlich bedrückten Autofahrt, während der wir beide nichts gesagt haben, sind wir dann angekommen, bei dieser Tante. Ohne es auch nur im mindesten verhindern zu können, haben sich meine Nackenhaare aufgestellt, ich konnte deutlich fühlen, wie sich jedes einzelne Haar an meinem Schwanz aufrichtete, ich wußte, daß er aussehen mußte wie eine sehr aufgeregte Flaschenbürste, und aus meinem tiefsten Innersten kam ein unbezwingbares Grollen. Sie hatte noch gar nichts gesagt, die Rosarote, aber der Blick wie von einer Schlange genügte mir. Meine hatte es ziemlich eilig, wegzukommen, ihr eigenes Unbehagen wegzutragen, mir kann sie nichts vormachen. Hätte ja auch wenig zu tun gehabt, ich stand für ihre zitternden, feuchten Hände nicht zur Verfügung, bin doch kein Ablenkungsmanöver oder so, verzog mich erst mal, witschte durch den Spalt einer nur angelehnten Tür, war glücklicherweise ein Schlafzimmer, das Bett so in der Ecke, daß mich da niemand drunter rausholen konnte, nicht mal Meine, die aber in ihrer Aufregung gar nicht mitgekriegt hatte, wohin ich verschwunden war. Da ließ ich sie also bedrückt davonschleichen, wollte sie ja, nachdem ich abgetaucht war sowieso, denn mit der Rosaroten hatte sie sich nicht viel zu sagen, und die wollte auch gar nicht hören, was ich gerne habe und wie und so weiter. Dachte ich mir gleich meinen Teil dazu, denn normalerweise stehen die Vertretungstürme ganz aufmerksam da und machen sich sogar manchmal Notizen, weil sie offenbar nicht einmal die wichtigsten Dinge über Streicheln, Bürsten und Essen wissen – und sich diese Basics nicht merken können, ohne daß sie ihre Nasen in ein Papier stecken, um dann doch die Hälfte falsch zu machen. Mindestens. Nach zwei, drei nachdrücklichen Hinweisen, die sich üblicher weise in roten Linien auf ihren Handrücken abzeichnen, kapieren sie im allgemeinen, worum es geht. Na ja – aber sie geben sich wenigstens Mühe. Was man von der Rosaroten wirklich nicht behaupten konnte.

Machte es mir also fürs erste in der Ecke unterm Bett bequem, bißchen Fellpflege, nachdenken über die Situation – und die Ohren spitz, mit schlafen war nichts, dazu war alles zu ungewohnt, man weiß ja nie.

Ich bin es gewöhnt, daß die Vertretungstürme sich zumindest in den ersten Stunden ganz gewaltig anstrengen, um Kontakt herzustellen. Suchen nach mir, rufen mich, scheppern mit Dosen und rasseln mit Knabberli-Schachteln, rollen Bällchen, alles in allem recht lächerlich, wenn sie da auf dem Boden rumrutschen, kindisch an Wollfäden reißen und sich selber weismachen wollen, sie wären ein bißchen wie unser eine. Und dann ewig dieses Zähnezeigen. Sie sind nicht aggressiv, das ist mir klar geworden, aber sie sind meistens aufdringlich, man muß sie disziplinieren,

dann geht es schon. Trotzdem steht für mich fest: Vertretungstürme sind eigentlich eine Zumutung.
Die Rosarote war eine Katastrophe. Kümmerte sich kein klitzekleines Bißchen. Empörte mich nach geraumer Zeit gewaltig. Behandelt man Gäste so? Wollte ich dann doch genauer wissen. Also raus aus der Ecke und hinausgepirscht aus dem Zimmer. Niemand da. Ein Vorraum, eine Treppe nach oben, jede Menge Türen, die vom Gang in andere Zimmer führten. Und da – grauenhaft, aus dem letzten Raum Geplärre. Vorsichtig hingetigert und nachgeschaut. Sitzt die Rosarote auf einem unglaublich häßlichen Sofa, der Fernseher in einer Lautstärke, daß einem die Ohren abfallen konnten, schaufelt irgendwelches Zeug in atemberaubender Geschwindigkeit in den kleinen, lackierten Mund und spuckt gleichzeitig schrille Worte in einen Telefonhörer. Ich registriere Feindseligkeit in dem, wie sie redet und eine unbeherrschte Gier an der Art, wie sie frißt. Das ist nicht Hunger, das ist ein Akt der Vernichtung. Aber keine aufwendige Jagd oder philosophische Beschäftigung mit der Beute, sondern so, als wolle man eine ganz tiefe Grube ...
Bei „Grube“ regt sich mein Inneres. Nicht, daß ich mich nicht benehmen könnte. Aber der Platz für die Kiste, die Qualität des Sandes, der stets ordentliche Zustand des Ortes, das sind eminent wichtige Dinge. Wo also. Schnüren durch den Vorraum. Viele Türen, die meisten geschlossen. Küche scheidet aus, weiß ich. Wer will schon im selben Raum – also wirklich. Kein Angebot, keine Kiste. Aha. Da fällt mein Blick in einen dunklen Winkel neben der Eingangstür. Ein wohlbekannter Papiersack, prall gefüllt – und daneben, hochkant an die Wand gelehnt – meine Kiste. Bedeutet, für mich ist nichts vorbereitet. Das verzeihe ich Meiner so schnell nicht. Hätte sie sich wirklich kümmern können. Das wollen wir dann doch ganz genau erfahren, ob nicht wenigstens ... also sogar völlig indiskutable Türme soll-

ten ein Minimum an Umgangsformen beherrschen, dazu gehört Bewirtung, ganz weit oben auf der Liste. Küchentür, ein Stück weiter vorne – und offen. Ich bin alles andere als gut gelaunt, aber die Vorstellung von vier manierlich nebeneinander aufgereihten Näpfen – Huhn in Aspik, Knabberzeug, Wasser, lauwarme, gewässerte Milch, läßt meinen Schwanz automatisch wie einen Regenschirmgriff aussehen (sagt Meine immer so). Also hurtig um die Ecke gewetzt, Küche ist Küche, jede Menge weißer Kästen, am Boden, an den Wänden, Tisch, Bank, üblicher Krempel, ungemütlich, steril, keine Kuschelatmosphäre, ordinäre flache Sitzpolster auf vier Sesseln – keine Näpfe. Ich bin so verdattert, daß ich mich quasi aus dem Lauf hinsetze, der Boden ist kalt, meinungslose Fliesen in einer Unfarbe, und irritiert und hektisch anfange, meine strahlend weiße und makellos gepflegte Brust zu putzen. „Joghurthemd", sagt Meine immer, wenn sie den Kamm nimmt und ... eine unsägliche Mischung aus hemmungsloser Sehnsucht und ungestümem Zorn wallt unter meinem Herzen auf. So nicht. Gereizt bis in die Spitzen der Barthaare nehme ich wahr, daß das Wohnzimmergeplärre mich die ganze Zeit über auf jedem Pfotentritt verfolgt. Was denkt die Rosarote sich eigentlich? Mir reicht es. Zurück ins Vorzimmer. Ohne rechte Überzeugung ein Versuch an der Eingangstür. Raus hier wäre gut. Aber dann? Na gut. Scheiß drauf. Unnobel ausgedrückt, aber jetzt ist Zeit für eine Lektion. Wütender Hieb gegen den Papiersack, dessen körniger, grab- und tretfreudiger Inhalt in meiner Kiste sein sollte, die Kiste sollte im Bad stehen, ich sollte überhaupt nicht hier sein. Reißfest, daß ich nicht lache, rieselfreudig – und wie ich lache. Schön rieselt es. Ich weiß, daß die Türme Streu auf Teppichen gar nicht mögen. Wobei es ihnen völlig egal ist, daß ich Staubsauger hasse, mit denen sie dann antanzen und mit Duldermiene ein paar Körnchen entfernen. Pfff. Hier liegt so ein grauslicher Kotzen, der versucht wie ein

Teppich auszusehen, „Läufer“ sagen die Türme dazu. Erst den Riß im Papiersack etwas vergrößern, also einmal schnell zugebissen, angerissen, ha, das strömt, quillt, staubt. Verbiete mir ein Niesen, vielleicht hört die Rosarote das, trotz Überlautstärke im Wohnzimmer. Die ist sicher einer von den Türmen, der die Krise kriegt wegen „Dreck“. Ich freu mich auf die Krise. Okay, der Sack wird schlaffer und schlaffer, die Hälfte seines Inhalts ist ausgelaufen. So, jetzt treten, scharren, treten, scharren, gut so, ordentlich über Fußboden und Textilie verteilt. Nun zum Teppich selbst. Lang das Ding, fast vorraumlang. Gut so. Ziemlich viel Arbeit, das von beiden Enden in gefällige Hügel und Täler zu schlichten. Immer wieder sichern dabei, ob die Rosarote kommt. Kommt nicht, läßt sich weiter zukreischen, geifert weiter ins Telefon. Ist übrigens eines mit Schnur und Gabel zum Auflegen. Weiß ich schon, wie ich ihr beibringe, daß Telefonieren sekundär ist. Weiter mit den wichtigen Dingen. Endlich den Teppich so hergerichtet, daß er brauchbar ist. An sich ist das, was ich jetzt tu, zutiefst peinlich, entwürdigend. Aber erstens ist es tatsächlich notwendig geworden, und zum anderen geht es um ein Exempel von hohem pädagogischem Wert. Ich muß jetzt wirklich dringend. Trotz der Streßsituation krümmt sich der Rücken von selbst, zittert die Schwanzspitze lustvoll. Geschafft. Eingraben der eigenen Exkremente ist eine Form der Unterwerfung, aber das wissen die Türme nicht. Den Teufel werd ich tun. Ich suche mir ein anderes Tal für die Entleerung meiner Blase.
So. Was jetzt? Vorsichtige Erkundung des feindlichen Terrains – hab überhaupt keine Lust, hier begeistert irgendwas mit Kopfreiben zu markieren, mach nur ein paar gelangweilte Pflichtübungen. Der Mantel an der Garderobe ist lächerlich kurz, weil der rosarote Turm so kurz ist. Aber wenn ich mich auf die Hinterpfoten stelle, dann geht das schon. Sie mögen das überhaupt nicht, vor allem nicht, wenn das Futter völlig ruiniert

ist. Futter! Die Rosarote kann ihren Mantel vergessen.

Die Zimmer im oberen Stockwerk sind mir ein Rätsel – halb möbliert, andere vollgestopft mit übelriechendem Gerümpel, eine Tür fest geschlossen, das interessiert mich, hat aber Zeit. Die Türme schlafen nachts. Diese penetrant verschlossene Tür hat was, ich peitsche ein bißchen mit dem Schwanz, aber mir scheint, Rückzug wäre jetzt eine gute Strategie. Der Platz unter dem Bett war nicht übel. Könnte mir jetzt ein Nickerchen gönnen, Halbschlaf mit offenen Sensoren. Die Rosarote ist viel zu fett, um mir dort was anhaben zu können.

Ich wasche mir die Ohren, denke ein bißchen an Meine und an Möglichkeiten, ihr deutlich zu machen, daß DAS hier nicht in Ordnung ist – und döse tatsächlich weg.

Das Gekreische, das mich abrupt und unfreundlich weckt, kommt nicht aus dem Fernsehkasten. Ich muß vor Amusement unwillkürlich zu schnurren beginnen, schau nach, ob meine Ohren wirklich sauber sind, dann noch ein wenig Nagelpflege. Die Rosarote plärrt immer noch, unterstützt vom verhaßten Fauchen des Staubsaugers. Irgendwie muß ich gähnen.

Als ich zum nächsten Mal aus meinem Halbdämmer erwache, ist die erste Reaktion nackte Panik. Feind! signalisiert alles an mir, ohne mein Zutun bin ich doppelt so breit wie noch Sekunden zuvor. Flucht. Nein. Abwarten. Mach mich flach. Weise Entscheidung, weil mir sonst der Bettrost auf den Kopf geknallt wäre. Aha. Der fette Turm hat sich unter nuschelnden Gemeinheiten – es geht um mich, ich weiß das – auf die Matratze geworfen. Noch mal Panik. Die Tür! Offen. Fahler Lichtstreif im Türrahmen. Uff. Geduld ist eine Tugend, die Türme nie beherrschen werden. Ich warte, bis ich etwas wahrnehme, das wie grunzender Hund klingt. Der Turm schläft.

Lautlos hinaus, nur hinaus, der Turm RIECHT sogar rosarot. Würgen. Okay, warum nicht – lautlos kotze ich, in Ermangelung von Nahrung, meinen Frust in rosarote Pantoffel. So, jetzt aber wirklich raus hier.

Empörung, Abenteuerlust, Neugierde lassen meinen Schwanz ausschlagen wie ein Pendel. Küche. Zwei grausliche Plastikschüsseln gammeln in einer Ecke, lieblos hineingepatscht ein halber Eßlöffel von der Dose, die ich nicht leiden kann (Meine muß auch noch eine Menge begreifen, wie oft hab ich ihr diesen Fraß schon symbolisch eingescharrt, und jetzt bringt sie diesen Dreck auch noch hierher mit) – und ein Pfützchen unverdünnter Milch. Zwei lustlose Bissen von dieser Zumutung. Allein der Geruch von unverdünnter Milch ist ein Horror. Oh, eine Grünpflanze. Wie aufmerksam. Ich hatte immer schon ein Faible für die Schule der Zyniker. Wie peinlich, daß der scheußliche Plastiktopf auf dem Regal umkippt, wie gut, daß er das für Turmohren geräuschlos macht. Nasse Erde platscht auf den Küchenboden, der endlich etwas Farbe kriegt, ich nehme ein paar Happen von den Blättern - und kann mich unmittelbar danach mit ein paar Mal Würgen vom widerlich fetten Geruch der Milch befreien. Ich bin plötzlich in einer eigenartigen Stimmung. Mal sehen, was hier so zu tun wäre. Ein Regalbrett. Offen. Hmhm. Salz- und Pfefferstreuer, Gewürzdosen. Ein leichter Satz, hoppla, schon bin ich mitten drin. Lange nicht mehr gejagt. Schließe kurz die Augen. Bin Meisterin der Imagination. Da huscht was zwischen den aufgereihten, leblosen Objekten. Mit ausgesuchter Begeisterung bin ich dem Schatten meiner Phantasie hinterher. Oh weh, da fällt was, überschlägt sich kunstvoll, noch ein Mal, dann klirr. Vergiß die Spielzeugmaus. Links und rechts reingehauen in diese Militärparade von Fenchel, Oregano und Kümmel – und schnell, schnell wohin – der Turm walzt an, kann ich fühlen. Nur keine Panik, dunkel – aber nein Flashlights, ich kenn das schon, das braucht sogar Meine, wenn sie nachts raus muß. Ich bin die Statue einer

Statue, Bastet sei mit mir, hinter dem Herd ist ausreichend Platz. Gekreische. Ich langweile mich, putz mir den Schwanz, dazu ist genug Raum.
Dann, lang dauert's , entfernt sich das Gemecker, dunkel wieder. Meine Zeit hat begonnen.
Die Sache im Oberstock. Drei Sprünge, das war's mit der Treppe – und – oh schönes Leben! – die Tür nur angelehnt.
Was dann kam, war nicht geplant. Beinahe konnte ich mir von außen zusehen. Es ging ziemlich schnell. Der Käfig auf dem Tisch, schamvoll mit ein Tuch (rosarot) verhüllt, ein Sprung, einmal kräftig gezogen, alles zu Boden, das Türchen springt auf, zwei Dinge in Kombination hätten einfach nicht passieren sollen, ich war nur neugierig, gar nicht auf wirkliches Jagen eingestellt. Aber der selbe harte, dämliche Blick – und dann das Gekreische, begleitet von diesem Flügelschlagen, pure Hysterie. Wie gesagt, es ging schnell, und ich hatte es so was von satt für diesen Tag. Ich ging gleich und völlig desinteressiert wieder weg, von wegen geheimnisvolle Türen – pah!
Suchte mir in einem Winkel unter der Treppe einen passablen Schlafplatz.
Meine Güte, hab ich gesagt Gekreische am Vortag? Terror pur, gemeingefährliche Androhungen weckten mich rüde.
Der Rest ist schnell erzählt. Muß mich eilen, Meine kommt bald. Ist natürlich vollkommen unakzeptabel hier, vollkommen, aber die Türme geben sich Mühe. Die anderen von meiner Art, die hier bleiben müssen, tun mir leid. Vielleicht kann Meine was tun, die hält das sicher nicht aus, mich bloß von hier abzuholen, die mit ihrem Butterherz. Nicht, daß ich Wert drauf legen würde, meine Wohnung mit ein paar von den Degenerierten, die hier offenbar schon länger vegetieren, zu teilen – Meine hätte dann noch weniger Zeit für mich – aber es gibt ja auch andere Türme, denen man was einreden kann. Das kann sie wunderbar,

Meine – mit der ich noch ein Federchern zu rupfen hab.
Also, sie kamen dann mit einem Wagen, der im ersten Moment mein absolutes Mißtrauen erweckte, und deshalb dauerte es auch ziemlich lange, bis ich nicht mehr widerstehen konnte – die hatten echtes, geschnetzeltes Huhn dabei und waren auch sonst ganz freundlich.
Ich kam aber erst aus meinem Versteck, als dieses lange, schwarze Auto mit dem widerlichen Gestank weg war. Echt widerlich – kein frischer, animierender Geruch nach erfolgreicher Jagd, sondern ein absolut deprimierender Mief nach abgestandenem Tod, fades, grausliches Aas. Sie haben die Rosarote in einem seltsamen Kasten da hinein geladen, und ich wußte: die kreischt nie wieder mit mir.
Wir haben uns in diesen drei unglücklichen Tagen nie wirklich gesehen, sie hat nur einmal diese fette Greiferpfote vors Bett gehalten – und genuschelt „Ich weiß, daß du da drunter bist, du Mistvieh“, um dann in höchsten Kirrtönen zu versuchen, mir schön zu tun. Nix war‘s. Ich bin doch nicht blöd. Konnte Blut spüren in den Worten.
Und dann war dieser Morgen, wo sie die Treppe runterkommt. Hab sie gar nicht raufgehen sehen. Kommt runter, speichelt wieder Unfreundliches vor sich hin – und hat neue rosarote Pantoffel an – mit so Fellbommeln oben drauf ... Was soll ich sagen – dieselbe Sache wie mit dem blöden Vogel – keine Absicht dahinter. Hat mich nur so augenblicklich und unwiderstehlich gereizt: Ich schieße aus meinem Treppenversteck heraus, mit der einzigen Intention, diese optische Beleidigung zu attackieren – sie sieht mich, fängt zu kreischen an, ich geb ihr eins mit ausgefahrenen Krallen quer über die Fettknöchel, der rosa Turm kreischt noch lauter, beugt sich nach vorne, wo er mich vermutet – was glaubt der Turm, wie jagen & spielen geht? Ich spring ihr ins Genick, eigentlich nur, um zu sagen: „Du bist letztklassig

zu mir!" Der rosarote Turm fällt, „Hansi, mein armer Hansi!" (?) kreischend die Treppe hinunter, kracht mit einem angenehmen Geräusch (Maus tot) unten auf. Mehr weiß ich nicht zu sagen. Langweilte mich einen ganzen Tag, mied den kaputten Turm. Schlief gut getarnt auf der Fensterbank hinterm Vorhang. Dann, nachdem das Telefon enervierend oft meine sonnenflockigen Träume irritiert hatte, kam ein anderer Turm, der eine Nachfahrin von Rosarot sein könnte, war erst schockiert (dasselbe Getue, wie wenn man ihnen großzügig eine tote Maus schenkt), führte dann aber ein paar hektische Telefonate, die gar nicht besonders traurig, sondern recht pragmatisch klangen – meine Neugierde siegt meistens, ich mußte mein Versteck einfach verlassen. Außerdem fand ich es faszinierend, wie sie mit einem angeekelten und gleichzeitig ziemlich erleichterten Gesichtsausdruck den leeren Vogelkäfig in eine Rumpelkammer stieß, und wie ihre ganze Körpersprache Genugtuung ausdrückte.

Ich bin todsicher dagestanden wie eine Dreimonatige, kein Wässerchen trübend, hilflos, lieb, rührend. Sie hat mich angelächelt (ohne Zähne, Lippen geschlossen), in einer selten spontanen Aktion bin ich ihr auf den Schoß gesprungen, sie hat mich auch nicht falsch (was nicht meint RICHTIG) berührt, und mir ehrlich bedauernd was von „Katzenhaarallergie" und „Ehemann" und „kann dich leider nicht mit zu mir nehmen" erzählt. Wie kann so ein netter Turm – na ja, egal.

Sie hat versprochen, Meine kommt bald, mir noch ein paar Köstlichkeiten zugesteckt und gemeint, ich soll mir keine Sorgen machen, wo ich hinkomm, das ist nicht so schlimm und nur kurz. Dann hat sie mich mit seltsamen Augen angesehen, und der Blick war eine eigenartige Mischung aus Wissen und Frage und unterdrücktem Lächeln. Sie hat dann noch verschiedenen lauten Türmen die Tür aufgemacht, auch denen mit den Hühnerstückchen, und war plötzlich wie verwandelt. Hat ein richtiges Schmierentheater abgezogen, mit Taschentuch in der Hand und dramatischen Formulierungen von tragischem Unfall und traumatisiertem Tier, und was weiß ich noch. War mir alles zu hektisch, hab mich, wie gesagt, gut verkrochen, und es hat ein Weilchen gedauert, bis die in den Overalls mit den guten Sachen rausgerückt sind.

Irgendwie hab ich einen besonderen Status hier, alle sind ausgesucht höflich, das Futter könnte natürlich von besserer Qualität sein, aber bis Meine kommt, wird es sich aushalten lassen.

Ich finde, nach diesen grauenhaften Turmtagen hab ich mir daheim eine Extraportion Verwöhnen verdient.

Helga Laugsch

ZWEI LEBEN

JETZT, wo alles langsamer und kühler wird, steigen manchmal Bilder hoch, wie unbekannte, träge Fliegen und Vögel, die mich nicht mehr reizen, schon lange nicht mehr, wobei ich früher willig und wild hinterhergesprungen bin, doch bestimmt, ich erinnere mich noch. Und ebenso kommen, da ich mich wohl einer anderen Daseinsweise nähere, diese Worte hervor, wie von selbst, aber lange vergessen, so daß ich die Sprache der Menschen auf einmal wieder ganz verstehe.

Sie leidet lautlos vor sich hin, macht auf tapfer (und darin war sie schon immer Spezialistin), hofft und hadert, sie hat Angst; ich rieche ihren kalten Schweiß. Als ob ich nicht schon beschäftigt genug mit mir selbst wäre, muß ich mir auch noch Sorgen um sie machen, die mir im Lauf der Zeit so ans Herz gewachsen ist, mein kräftiges Herz, das nicht zum Schlagen aufhören will, wo doch alle anderen Organe längst schon zu versagen begonnen haben. Aber ich will nicht klagen, was manchmal schwer erscheint, wenn Kleinigkeiten nicht mehr gelingen, kein Fleisch mehr schmeckt, und ich oft in meiner Kiste stehe und nicht weiß, warum. Aus meinen vielen Schläfchen, so sehr genossen, geradezu pünktlich und lustvoll absolviert, mit großer Ausdauer, finde ich kaum mehr zurück, aus der Ferne muß ich mich bemühen, noch einmal hierher zu ihr zu kommen, bevor ich in den ganz großen Schlaf hinüber gehe.

Sie ist älter geworden, ihre runden Backen schroffer und manchmal sieht sie jetzt kantig aus, wenn sie die Zähne aufeinander beißt. Meine empfindlichen Ohren schwirren immer noch wie Radarschirme umher, wenn ich sie beim Malmen ertappe. Früher hat sie sich darüber lustig gemacht, über diese beweglichen Ohren, allerlei dümmliche Laute von sich gegeben, so, daß ich reagieren mußte, und ich war beleidigt. Erst später habe ich begriffen, daß sie mitunter recht einfach strukturiert ist, und ihr den Gefallen getan, doch eigentlich habe ich mit ihr gespielt.
Früher, als wir beide noch knackig und rüstig waren – ich erspare mir wirklich nichts und greife tief in unsere gemeinsame Erinnerungskiste ... An das, was vor ihr lag, kann ich mich fast gar nicht mehr erinnern. Nur vage sehe und rieche ich andere Pelztiere, sehr klein, die um ein großes Tier geradezu herum schwimmen, auf der Suche nach der Quelle. Soviel Gier und Wille, die erste zu sein (daß ich die Berechtigung dazu hatte, bezweifelte ich nie), soviel Energie, daß ich jetzt noch erschöpfter werde, so viele kleine, scharfe Schnauzen, die alle nur das eine wollten. Sie waren einfach da, ob gut oder schlecht, richtig oder falsch, mußte ich nie überlegen. Auch das ist eine Erkenntnis, die Tiere den Menschen voraus haben, denen, die so staksig und ungraziös auf zwei Beinen gehen müssen, wobei Katzen natürlich von vornherein in ein begünstigtes Leben hinein geboren werden, (aber ich will mich nicht profilieren), und auch nur die Katzen, die ihre Lebenspartner finden; es gibt genug von uns, die leiden müssen.
Irgendwann dann war ich nicht mehr in meiner Horde, ich glaube, ich habe meine Nase ein bißchen zu weit herausgestreckt und wollte mehr. Ich stand auf eigenen Pfoten. Wenn ich mich recht besinne, streifte ich umher, und, damals, in meiner frühen Jugend, gefielen mir all die kitzelnden Gräser, die Schmetterlinge, die Büsche und zuckenden Kleintiere, auf denen ich stand,

noch außerordentlich gut, vor größeren mußte ich fliehen und mich verstecken, dann wurde ich gepackt, in etwas Großes, Dunkles gesetzt, bewegt. Es war mir nicht besonders behaglich, aber ich habe mich so verhalten, als ob das ganz normal wäre. Als ich wieder herausgelassen wurde, sah ich mich erstaunt um. Lauter solche wie ich, mit denen ich mich arrangieren mußte, was nur halbwegs gelang.

Und eines Tages stand sie vor mir, an der Linie, die uns umgrenzte, schützte oder einsperrte. Sie sah immer etwas anders aus als die anderen Menschen, ein bißchen daneben, zumindest für mich, sie trug meistens eine Farbe, die ungewöhnlich schrill war, ihre Säume zipfelten und tanzten, ihre Haare lösten sich ständig. Ich nahm ihren Geruch auf, und er erschien mir angenehm. Sie sah mich lange an und ich erwiderte ihren Blick ruhig. Dennoch mußte sie einige Runden drehen, sich die anderen Exemplare betrachten, aber sie wandte sich immer wieder nach mir um. Mein Herz klopfte dann doch schneller, fast wie bei der Mäusejagd; würde sie an ihrem Schicksal vorübergehen? Ich hatte meine Wahl längst getroffen. Dann stand sie wieder vor mir, machte sich kleiner, gab allerlei Töne von sich. Damals verstand ich sie noch nicht und mußte mich auf meine Intuition verlassen. Sie sagte immer wieder dasselbe, schmeichelnd und zischend. Später begriff ich, daß sie mir damit einen Namen gab; Menschen sind ja Bezeichnungen sehr wichtig, sie brauchen ein Begriffssystem, müssen zuordnen, sonst sind sie verloren.

„Janis, Janis." Zuerst schluckte ich, rief die Große Göttin an, zweifelte sogar an meinem Instinkt. Als ich mit ihr und ihresgleichen immer vertrauter wurde, und ich habe einiges von ihnen lernen und annehmen müssen, sie allerdings noch mehr von mir, beklagte ich ihre Arroganz. Denn so, wie sie uns für dieses Leben benennen, hängt von Willkür, Bildung und Geschmack ab. Manche von uns heißen dann Susi, Muschi oder

Mausi, was ich gar nicht weiter kommentieren will, andere Callas, Marlene, Piaf oder Zarah. Ich habe von Katern namens Hendrix oder Crosby gehört. Also gut, dann eben „Janis“, was ich eine Zeitlang ignorierte, bis ich die entsprechende Musik hörte, bis ich mich damit anfreundete.
Zunächst aber packte sie mich etwas unsanft und hob mich hoch. Ich stemmte meine Vorderpfoten gegen sie, ich mußte ihr gleich beibringen, wer hier die Chefin war; sie brauchte auch nicht lange, bis sie das verstand. Wir fuhren eine grauenhafte Zeit in einem Auto, was ich immer gehaßt habe, sie übrigens auch. Und dann ging es hoch, und ich wurde unruhig, auf den letzten Stufen befreite ich mich aus ihrem Griff, denn ich wollte nicht über die Schwelle getragen werden; manchmal habe ich Klischees gehaßt. Nein, auf meinen eigenen vier Pfoten betrat ich unsere Wohnung und sah mich um. Und was ich da alles sah: viele Winkel, riesige Staubmäuse und Flusen, einen Verhau, als ob die wilde Katzenjagd durchgebraust wäre. Ich will nichts beschönigen, sie war und ist eine Schlampe. Doch in diesem Moment, sie stand schüchtern hinter mir und wartete anscheinend auf einen Kommentar meinerseits (und wischte vergeblich über einen staubigen Tisch), roch ich ihre Unsicherheit, fast Demut, und begann, sie zu lieben.
Was nicht heißt, daß ich ihr nicht bestimmte Dinge beibringen mußte. Ich habe stets den größeren Dickschädel von uns beiden gehabt. Gerade anfangs hatte sie wohl die Vorstellung, ich würde wie eine Nullachtfünfzehnkatze über Dosenkost erfreut sein (ach, all diese lächerlichen Lügenmärchen in der Werbung). Nichts da, nach zwei Tagen hatte sie kapituliert und servierte mir Rindsrouladen und Hühnerbrust; darunter habe ich es nie getan. Manchmal muß man sich unmißverständlich durchsetzen, es bringt nichts, gerade zu Beginn einer Beziehung, faule Kompromisse zu schließen, das kann nie gut gehen. Ebenso revi-

dierte sie bald ihre Meinung, ich hätte nichts im Bett verloren. Was ihr da nicht alles einfiel, ein Kistchen unter der Spüle, mit Kopfkissen und Zudecke, dann ein Gestell an ihrem Bettende, haha. Was sie manchmal für Probleme machen mußte, völlig unnötig, und ich hatte sie bald vom Gegenteil überzeugt, indem ich ihr beibrachte, wie glücklich eine Katze mit Frau im Bett sein kann.

Mit diesem Apparat, durch den sie so gerne sprach, mußte ich mich erst anfreunden, dann aber biß ich in den Hörer, schnurrte und maunzte, was sie sehr verwunderte. Die erste Zeit redete sie ohnehin nur von mir, wie spinatgrün meine Augen seien, dieses entzückende Lätzchen auf der Brust, den dunklen Fleck neben der Nase, wie ein Schmutzfleck neben einer Micky-Maus-Nase, der Schwanz wie der eines Waschbären, dreifarbig, stell dir das mal vor, weiß und schwarz und rot, eine Glückskatze, ausgerechnet ich und eine Glückskatze, und, du glaubst es einfach nicht, zweifarbige Zehenpolster. Ich verdrehte meine Augen nach oben, bis die Silberhäutchen sie bedeckten, und sie brach in neue Entzückensstürme aus, mitunter war sie ein regelrechter Kindskopf. Nicht, daß mir diese Begeisterung nicht zugestanden wäre, jede von uns ist schließlich die schönste, aber ich war zweifellos die allerschönste, die beste und interessanteste Katze, die ein Mensch finden konnte.

Ja, so begann es, ich machte mir ihre Wohnung zu eigen, suchte mir die guten Plätze, verabschiedete und empfing sie, deutlich vernachlässigt, mit einem wohldosierten Blick wie aus einem Heimatfilm, wenn sie zu lange weg blieb. Ich erkundete meinen Balkon und besah mir von oben das Treiben, fand alles recht gemütlich, ja, bis dann eines Tages ein Drängen in mir zu mächtig wurde, im nachhinein muß ich den Kopf schütteln, aber damals ... Ich wimmerte, ich klagte, schrie nach der großen Vereinigung. Sie stand albern da und gab mir Kosenamen, die nicht halfen, die mich nicht erlösten, sondern mein Hinterteil nur noch höher trieben und meine Stimmbänder animierten. Es mußte etwas geschehen. Au und weh, und dann eine spitze Nadel und die Betäubung. Erst zu Hause erwachte ich wieder, und sie lief hinter mir her, mit einem Handtuch, wollte mich zudecken, wenn das Gehen auf den vier Pfoten noch nicht wieder klappte und ich zusammenbrach. Schon aus Prinzip versuchte ich es erneut, und sie kam mir besorgt nach. Aber nach einer kurzen Zeit war auch das vorbei, und ich lebte mein Leben, wie es sein sollte, gelegentlich von Träumen durchbrochen, die nach mehr verlangten. Alles geht eben nicht auf einmal, da war ich schon weiser als sie.

Denn sie probierte es, ungestüm und recht blind. Sie wollte nicht kapieren. Jahrelang rannte sie mit dem Kopf gegen die Wand, wie ich es anfangs auch noch tat, als ich nicht begreifen wollte, daß Türen mitunter verschlossen sein können. Und sie realisierte es seltsamerweise bei den Menschenkatern gar nicht. Ich besah sie mir von hoch oben und erinnerte mich an all die Turbulenzen, die sie auslösen konnten, schloß die Augen und döste. Sie aber war wie von Sinnen, bei mir jedenfalls ließ sie sich gehen. Und all diese Telefongespräche. Ich merkte sofort, wenn sie eine Freundin an der Strippe hatte, ihre Stimme klang entspannt und zufrieden, weich und lebhaft, hatte nicht den schrillen und bemühten Tonfall, mit dem sie gefallen, Ansprüchen genügen wollte, die sie nicht greifen und begreifen konnte. Wenn um sie diese Spannung, der Geruch nach Angst und Verzweiflung war, dann redete sie mit einem Mann, von dem sie etwas wollte, was er ihr niemals geben würde. Sie tat mir so leid, denn sie verteilte kostbares Porzellan an jene, denen man nicht einmal eine Plastikschüssel, die die Übergabe unbeschadet überstehen sollte, in die Hand drücken durfte.

Eines Abends ließ sie mich sehr lange warten, ja, der Morgen zog schon seine Spuren, ich stand auf dem Balkon inmitten der Margeriten und sah sie kommen; sie war nicht allein. Au weh, zwick, sie schien mir auf der Katastrophenschiene. Der ultimative Traumkater war endlich aufgetaucht. Ich betrachtete ihr Treiben höflich interessiert, ich konnte mich ja auch an allerlei erinnern. Sie machten dann nicht lange herum, es flogen Kleidungsstücke durch die Wohnung, irgendwann schafften sie es sogar, ins Bett zu kommen. Es ging eine ganze Zeitlang rund, aber dann schliefen sie doch. Ich ahnte Schlimmes, denn der Geruch, der seinen Kleidungsstücken anhaftete, war der des ewigen Wanderes. Und sie wurde viel zu hektisch, rumpelte durch die Zimmer, die Sinne stets auf ein Klingeln des Telefons gerichtet, das viel zu selten eintraf. Wenn sie nur kurz weg mußte und nicht mehr warten konnte, hob sie den Hörer ab, so daß das Besetztzeichen hupte. Mir taten nicht nur die Ohren weh. Das hatte sie nicht nötig.

Und sie traf Fehlentscheidungen. Eines Tages kam sie doch tatsächlich mit einem Kater heim, der durchaus adrett und schnuckelig wirkte, den sie mir zugedacht hatte. Sie sülzte mir die Ohren voll, ich solle freundlich zu ihm sein, er hätte seine Menschenfrau verloren und sei jetzt ganz allein, wir müßten ihn aufnehmen, ich sollte die Wohnung mit ihm teilen. Ich war stocksauer, was ich eigentlich gar nicht erwähnen muß. Und als der Kerl dann als erstes auf meine Futterschüssel zustürzte, mein Rindfleisch, das ich so mühsam durchgesetzt hatte, zu verschlingen begann, einfach so, wurde ich zum Drachen. Ich plusterte mein Fell auf, wurde doppelt so groß wie üblich, also noch beeindruckender, und griff ihn an. Ich wußte, was folgen würde; alles konnte ich mir schließlich auch nicht bieten lassen. Sie betrachtete mich kummervoll, erzählte von Toleranz und Kompromissen und Miteinander, aber ich verachtete sie und den dahergelaufenen Kater. Sie hielt es nur ein paar Stunden durch und brachte ihn schließlich bei einer Freundin unter, was besser für alle war. Auch wenn ich nicht in erster Linie an mich und mein Wohlergehen dachte, er hatte es besser bei einer Frau, deren Einziger er war. Doch mein Verhältnis zu ihr war schwer gestört, und ich hielt mich sehr bedeckt, was sie nicht einmal besonders zu stören schien, war sie doch ganz auf den ausgerichtet, der viel zu selten kam oder anrief. Und sie lernte all die lästigen Lektionen des Wartens, die unser eine ohnehin kennt.

Eines Abends war es dann soweit. Sie kam langsam und allein heim, suchte mich nicht einmal. Nachdem sie gar nicht zu begreifen schien, daß ich immer noch enorm verletzt wegen ihres Treuebruchs war, stand ich widerwillig auf, um mich um sie zu kümmern. Sie saß in einem dunklen Zimmer im Eck, zusammengekauert, statt im Kreis zu liegen, ein Verfahren, das eigentlich patentiert werden müßte und selbstverständlich einer Katze zuzuschreiben ist, denn nur so kann Energie fließen. Ich schlenderte betont langsam zu ihr, beunruhigt, weil gar keine Reaktion kam und schnupperte. Sie roch nach Aufgabe und Tod, ganz trocken. Und da überwand ich mich, ich schleckte sie stundenlang ab, langsam und sorgfältig, und irgendwann flossen bei ihr dann Tränen, und als sie ihre Handgelenke ansah, die ich solange bearbeitet hatte, die roten Stellen des Lebens auch auf ihren Wangen, weinte sie noch mehr und begann zu lachen. Sie verstand, daß sie bei mir in den besten Pfoten war, und so verzieh ich ihr.

Dennoch war sie danach nicht mehr dieselbe. Sie begann zu altern. Etwas in ihr schien durchtrennt zu sein, endgültig. Und so stürzten wir uns in die Arbeit. Sie schleppte noch mehr Bücher heim, als sie ohnehin schon hatte, verbrachte ganze Tage am Schreibtisch, und ich half ihr natürlich. Ich war dabei, saß auf jeder Seite, die sie schrieb, wunderte mich ein bißchen, wie ernst sie das alles nahm und war dennoch stolz auf sie, denn sie kämpfte. Manchmal, wenn ich ahnte, daß sie Schmerzen hatte, rollte ich mich auf ihrer Schulter zusammen und wärmte sie. Wir hielten gemeinsam durch, und wir schafften es auch, wir errangen Titel und Urkunden. Sie wurde immer gefragter und gesetzter, sicherer im Umgang mit den Mitmenschen. Wir hatten Erfolg.

Freilich bin ich in bezug auf Selbstverwirklichung in der Öffentlichkeit ein bißchen zu kurz gekommen, aber damit fand ich mich ab, sogar recht schnell, denn es folgten dann Jahre, viele sogar, die sich nicht mehr wesentlich voneinander unterschieden, sondern von gemeinsamen Gewohnheiten geprägt waren. Seltsam, daß diese unsäglichen Liebeswirren, die naturgemäß nur kurz dauern, zu Highlights des Lebens geraten, denn den Großteil nehmen all die täglichen Pflichten, wie Putzen, das Verzehren von Mahlzeiten, Arbeit, auch das resignative Beobachten von vorwitzigen Taubenschwanzfedern, nur zwei Meter über meiner Nase, ein, das Schlafen und Schauen. Ich war ihr Zentrum, ihre zweite Hälfte, die nur auf den ersten Blick passiver erschien, und manchmal erinnert sie mich an mich selbst, in einem anderen Leben. Alle, die atmen, machen ihre Erfahrungen, in der verschiedensten Form, solange es eben nötig ist.

Und ich hätte ihr voraussagen können, daß unser Leben zusammen zeitlich bemessen ist, sie wollte es gar nicht wahrhaben. Immer erschrak sie, weil ich schneller als sie alterte, mein Bogen sich dem Ende entgegen neigte. Ich habe es lange vor ihr begriffen. Mag sein, daß es der Tag war, an dem mich das fette Insekt am Fenster nicht mehr besonders reizte, so daß ich einfach nur noch kurz den Kopf hob und ihn dann wieder sinken ließ, oder der, an dem ich ihr Heimkommen einfach nicht mehr registrierte. Sie empfand es wohl als größtes Drama, daß der Lebensrhythmus von Katzen und Menschen ein unterschiedlicher ist.

Vielleicht hat da auch die entscheidende Stelle bei der Einteilung gemurkst, oder wir alle müssen lernen, zu kommen und zu gehen. Und ich, ich habe all die letzten Jahre nur noch wegen ihr durchgehalten und gegessen, denn meine Kräfte sind erschöpft, meine Aufgaben erfüllt. Ich spüre, wie ich weniger werde, ganz deutlich.

Und sie, sie bangt und zittert, schleicht mir nach, betrachtet meine Futterschüssel, die ich nicht mehr leeren kann und mag, sie stellt neue Angebote dazu, sie tischt mir Lammfilet auf, von dem ich nur noch aus Höflichkeit und Pflicht nasche, Wild und alles, was ich schon gar nicht mehr riechen kann. Wahrscheinlich würde sie auch Haifische jagen gehen, könnte ich derlei Gelüste noch signalisieren.

Sie wird noch fahriger, ihre Bewegungen geraten außer Kontrolle, sie rudert geradezu mit den Händen, und dann zerbricht sie meine Schüssel. Sie starrt die Scherben an, die verstreut am Boden liegen, der immer noch grau und staubig ist, sie versucht, sie zusammenzufügen, zu kleben, aber die Teilchen sind zu klein, es ist nichts mehr zu reparieren. Und endlich weint sie, es ist erst das zweite Mal, daß ich das erlebe. Nun begreift sie, daß ich jetzt ihr Kind geworden bin, sie nimmt mich in ihre Arme, trägt mich herum in der Wohnung, in der ich den größten Teil meines Lebens verbracht habe. Wir nehmen Abschied von all den Plätzen, die mir am liebsten waren, wir sehen sie uns noch einmal genau an. Mein Fell wird immer nasser, aber ich versuche zu schnurren, mehr für sie als für mich. Und dann telefoniert sie, ihre Stimme klingt ruhig. Sie bestellt die Spritze, die mich endlich gehen läßt, nach siebzehn Jahren, von denen die letzten so beschwerlich waren, und nur wegen ihr noch abgeleistet wurden.

„Du darfst gehen, Geliebte, du mußt keine Rücksicht mehr auf mich nehmen“, flüstert sie in mein Ohr, als mich die Nadel trifft, die ich schon gar nicht mehr als schmerzhaft empfinde. Bereits ganz auf der großen Reise, schicke ich noch einen Blick los, der skeptisch ist. Denn sie wird es nicht ohne eine von uns packen, die auf sie aufpaßt, ich muß dafür sorgen, jetzt wo es erst dunkler und dann wieder heller und ganz kalt wird, daß eine Sheryl, eine Alannis, eine Melissa zu ihr kommt. Sie wird sich wundern und darauf umstellen müssen, wie lebhaft, wie egozentrisch so ein unbedarftes Katzenkid sein kann, das ich durchaus beneide, bei dem Leben, das ihm bei ihr bevorsteht; ich aber habe sie mit allen Feinheiten vertraut gemacht, sie im Höchstmaß sensibilisiert. Natürlich wird sie mich vermissen, das soll sie auch. Unsere Geschichte, eine von den großen und einmaligen Liebesgeschichten, geht zu Ende; sie ist erfüllt und ausgelebt, nicht mehr zu wiederholen. Denn käme ich wieder als Katze zu ihr, hätten wir beide nichts gelernt. Aber ich, ich habe es erst einmal hinter mir, es fällt mir nun leicht, mich zu lösen, in ihren Armen, unter ihren Tränen, ihrem Gemurmel, da ich sie wiederum in guten Pfoten weiß, irgendwann, wenn sie bereit dafür ist, sie, der zweitgrößte Dickschädel im Universum.

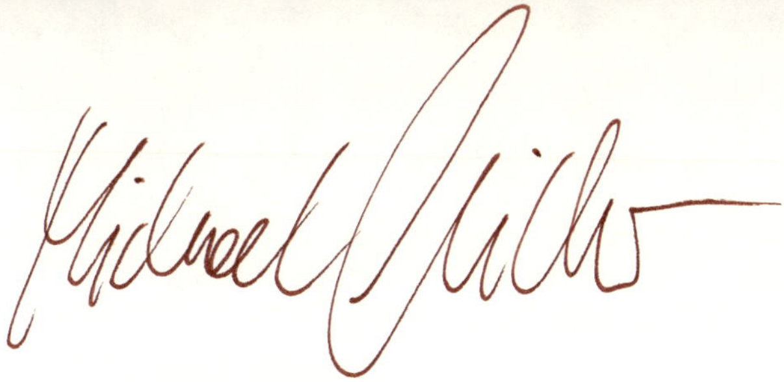

Michael Stiller

NACHT MIT ZWEI KATZEN

Ich liege auf dem Bauch
den Kopf nach rechts gedreht
die Wange auf den Unterarm
den Unterarm auf und die linke Hand unter den Polster
gelegt
im Bett –
der Polster ist also eingeklemmt –
auf meinen beiden zur Decke gerichteten
Unterschenkeln sitzen
Diga und Winnie –
in tiefster Hauskatzenschlafhaltung:
Vorderpfoten Richtung Kniekehlen
meine Zehen ragen über den Bettrand:
Daumen nach unten!
KatzenKörperSchwerpunkt sehr schwer
und jetzt die ganze Nacht nicht bewegen –
eine Störung nur eine Störung im Katzenschlaf – bedeutet:
schwere KatzenGemütsVerstimmung –
bedeutet: böse Blicke – bedeutet:
Verweigerung der Katzenlieblingsnahrung
(ausgenommen Winnie sie arbeitet subtiler – bedeutet:
sie frißt doppelt soviel – bedeutet: bekommt sie nicht doppelt
soviel schreit sie glasbrechend im Duett mit dem nicht anwesen-

den Il Farinelli stundenlang – bedeutet:
sie bekommt doppelt soviel Futter – bedeutet:
Winnie könnte bei den drei Tenören den Italiener ersetzen sozusagen den stimmlichen Conterpart [natürlich ohne Vollbart] übernehmen)

Ja und Diga: nicht bewegen – Tote leben länger –
sie arbeitet in ihrer KatzenGemütsVerstimmung grausam – bedeutet:
zwei Tage Streichelverbot – bedeutet:
ich nähere mich um meine kleinen Entschuldigungen vorzutragen:
etwa: der Fuß ist mir eingeschlafen – ich mußte mich bewegen - weil ...
und währenddessen ernte ich einen Blick – Oh Katzengöttin Susi dieser Blick
ist eine ungeahnte Steigerung von „Fahr zur Hölle du verdammter menschlicher Zappelphilipp"
und jetzt geh ich verunsicherter Zweibeiner in die psychologische Kisterlecke gedrängt aufs Ganze – strecke meine Hand Richtung Katze und fünf Zentimeter vor der geplanten Berührung duckt sich Diga wendet sich ab – schüttelt sich so als ob ich meine Hand drei Wochen in einem aus österreichischem Blauschimmelkäse und verbleitem Benzin zubereiteten Wässerchen gebadet hätte –
die Szenarien stehen also vor meinem inneren Auge – wie ein Polizist auf einer Demonstration – also in jedem Fall unbewegt –
auf meinem Bauch unbewegt –
die Beine unbewegt schwer in die Matratze gedrückt
erstarrt liegen bleiben und an etwas anderes denken:

mein Onkel heißt Fritz

meine Schwester Bina
mein Cousin Karl
und
meine zwei Katzen Winnie und Diga
Diga heißt eigentlich Diga me
mein Onkel heißt Fritz und meine Schwester wird immer Bina heißen und irgendeine Cousine Karla und meine zwei Katzen Winnie und Diga
zuerst war Bina und dann erst Diga und Winnie

Unterschenkel Schmerz rechts
Diga auf ihrer Unterschenkelmatratze
jeder Katze ihre Unterschenkelmatratze nicht weiter rauf
keine Kniekehlenkatzenmatratze

mein Onkel heißt Fritz
meine Schwester Bina
sie hat mir damals in mein Stammbuch einen kleinen Korb und in den kleinen Korb einen noch viel kleineren Hund gezeichnet und ich bin auf die Katze gekommen

Unterschenkelschmerz – Matratzenschmerz links

mein Onkel heißt Bina
meine Schwester Fritz
nur meine beiden Katzen heißen Winnie und Diga

ungefähr nach dreimaliger Großglocknerbesteigung mit Rollschuhen
und neunundvierzig Bünden Dornenkronen einzeln und schön langsam hintereinander auf die Beine gesetzt und neun NotdurftUnterdrückungen und vier SchweißAusbrüchen – halte ich

noch immer still – strecke nicht die Zunge heraus und sage nicht Ah und dann glaube ich – noch immer nicht an die Auferstehung – aber ich glaube ein Licht – ja ich glaube ein Licht – ja ich sehe ein Licht –
– nur Mumien bewegen sich weniger einen Tod lang wenn es nicht gerade ein Horrorfilm ist und jetzt glaube ich es zu sehen:

Licht - ich habe Licht gesehen – Licht
ja es muß ein neuer Morgen heraufziehen
also nach der großen Finsternis folgt immer ein neuer Morgen
wenn nicht schon alles zu spät ist

„diese Nacht – nein – auch diese Nacht habe ich nicht durchgezecht nur durchgelegen"

sie bewegen sich – sie strecken sich
Diga und Winnie und Winnie und Diga wollen Frühstück und treten – nein keine Milch nur mich
und zwei helle gut erholte Stimmchen sagen: „Guten Morgen – wo ist das Futter?"

ich darf und ich muß versuchen mich zu bewegen
es bewegt sich
ein Fuß – mein Fuß?
eine Hand – meine Hand?

die Katzenfütterungsmaschine schleift sich mechanisch ungeölt in die Küche
und fürchtet sich vor der nächsten Nacht mit zwei Katzen

Barbara Neuwirth

DIE KATZE AUF DEM STEINERNEN SCHIFF

Beim Aufblicken sah die alte Frau die Katze am Fensterbrett sitzen. Sie blickte durch die Scheibe direkt in Marie-Theres' Gesicht. Marie-Theres ließ den Suppenlöffel, den sie gerade an den Mund geführt hatte, in die dicke Einbrenn sinken. Die Katze sah Marie-Theres in die Augen, ließ sich durch die Bewegung der Hand nicht irritieren.

Castra, sagte Marie-Theres, oder vielleicht formten ihre Lippen nur die Silben, ohne daß ein Ton produziert wurde, Castra.

Das schwarze Fellband rund um den Hals im weißen Pelz war außergewöhnlich, und Marie-Theres hatte diese Fellzeichnung zuvor nur an einer Katze gesehen. Aber das war lange her.

Bernsteinaugen fixierten Marie-Theres' Pupillen. Als Marie-Theres nach einem Lidschlag wieder aufs zwei Meter weit entfernte Fensterbrett blickte, war es leer. Die Katze mußte es mit ungewöhnlicher Behendigkeit verlassen haben.

Nachdem der fahrende Bäcker vor dem Haus gehalten und Marie-Theres den Roggenbrotwecken verkauft hatte, den sie jeden Montag geliefert bekam, begann Marie-Theres ihre Topfpflanzen zu gießen. Das Wasser aus der Regentonne hatte gerade die richtige Temperatur. Ein ums andere Mal tauchte Marie-Theres die Gießkanne unter den sinkenden Wasserpegel, trug die

Kanne zu den Töpfen und goß mit geduldigen Bewegungen die Oleander, Stechäpfel, Geranien, Fuchsien und Kakteen. Zärtlich zupfte sie Verblühtes aus den Pflanzen, sammelte Verdorrtes in den Taschen ihrer Schürze und ging schließlich zum Komposthaufen, der hinterm Haus unter den Birken lag. Als sie näherkam, sah sie die weiße Katze mit dem Fellhalsband auf dem Eckpfosten des Kompostbehälters sitzen. Wie eine ägyptische Königin thronte sie da, anmutig und aufrecht. Marie-Theres schenkte sie keinen Blick, statt dessen sah sie mit großer Ruhe den Schwalben nach, die sich, bereit für den Abflug nach Afrika, zu immer größeren Schwärmen sammelten und durch die Luft schwirrten. Vorsichtig blieb Marie-Theres stehen. Keinesfalls wollte sie die Katze verjagen. Sie mochte Katzen, hatte in den Jahrzehnten, da sie auf dem Bauernhof alt geworden war, immer wieder welche gefüttert, die ihr zugelaufen und geblieben waren – und zuvor, jene Zeit, die ihr mit Martin gegeben war, diese glücklichen dreißig Jahre ihres Leben, da hatten sie drei Katzen gehabt, die geliebter Teil der Familie gewesen waren, drei Individuen mit unterschiedlichen Begabungen. Aber keine dieser Katzen hatte wie Castra ausgesehen oder Marie-Theres auch nur an sie erinnert. Alles das, was mit Castra verbunden gewesen war, hatte sie verdrängt gehabt.
Aber jetzt war Castra wiedergekehrt. Marie-Theres trat, weil die Katze ihr so gar keine Aufmerksamkeit schenkte, einen Schritt näher. Als sie noch einmal einen Fuß vor den anderen setze, legten sich die Ohren der Katze nach hinten, sie drehte den Kopf blitzschnell herum, sah Marie-Theres böse an, sprang in einem weiten, segelnden Satz vom Pfosten ins Gras und verschwand dort augenblicklich. Marie-Theres merkte, daß ihre Finger in den Schürzentaschen Tageteskköpfe verrieben hatten, sie roch den intensiven Duft. Langsam holte sie die Pflanzenreste aus der Schürze und warf sie auf den Komposthaufen.

Abends wollte sie den Fernsehapparat nicht einschalten. Sie saß beim Licht der Energiesparlampe am Küchentisch und stickte eine Kreuzstichdecke. Selbst mochte sie gestickte Tischdecken nicht, aber die Arbeit wirkte beruhigend auf sie, weshalb sie immer wieder neue Tischdecken begann, fertigstellte und in den Wäschekasten im Schuppen verräumte. Während der Arbeit fiel ihr plötzlich ein, daß Veronika Handarbeiten immer gehaßt hatte. Veronika war in allem anders gewesen. Und sie hatte Castra mitgenommen, als sie ging. Nein, das stimmte nicht. Castra konnte man gar nicht mitnehmen. Castra war im Steinbruch verschwunden. Marie-Theres kniff die Augen zusammen, weil sie trotz Brille schlecht sah. Plötzlich wollte sie klar sehen. Sie hatte die Geschichte verdrängt, und das war gut so gewesen, aber jetzt wollte sie sich an alles erinnern.
Castra streifte ums Haus. Das hatte sie verstanden. Aber was genau war mit Castra vor über 50 Jahren geschehen? Allein die Erinnerung an die lange zeitliche Distanz beruhigte Marie-Theres. Keine Katze konnte so lange leben.

Am Golitsch pfiff der Wind aus dem Westen heran. Marie-Theres hatte die Felsaufwürfe so vorgefunden wie damals in ihrer Kindheit. Gleich dem Bug eines archaischen Schiffes standen sie kantig am Abgrund, visierten die Wellentäler und Berge des dunklen Waldviertels an. Man wußte, daß, wären erst die Segel gesetzt, das Steinschiff über den Himmel ziehen würde, die Landschaft vor einem sich als Grund des Meeres erweisen würde, majestätisch segelte man über den Rücken des Manhartsberges, den man in den türkisen Fluten als gefährlich sich aufbäumenden Kamm des Weltenungeheuers erkennen würde. Die Steinarche aber zöge darüber hinweg, und wenn man schon fast vorbei wäre, würfe man den Anker aus. Er, ebenfalls aus Granit gehauen, sollte langsam durch das klare Wasser hinabsinken, so langsam, daß die Fahrt der Arche das Seil in jenem Moment spannen würde, da der Anker beinahe den Boden des Meeres, den Gipfel des Berges zu berühren bereit war. Das Schiff aber würde ihn hinwegreißen, und während der Berg seufzen würde, weil wieder niemand ihn berührt hätte, zöge man den Anker wieder an Deck.

Bei der kleinen Raststation kämpften zwei Buben mit dem Wind und ihrem Lenkdrachen. Marie-Theres sah die beiden, aber sie hörte nicht, was sie sich zuriefen, weil der Wind zu laut war. Marie-Theres schob einzelne Haare, die sich unter dem Kopftuch herausgezwängt hatten, wieder darunter zurück. Haare, die ihr Gesicht berührten, mochte sie nicht. Vorsichtig ließ sie sich nieder auf den Stein, beugte ihre alten Gelenke. Neben dem Felsen wuchs Hauswurz im Boden.

Die Katze saß vor der Haustür, als Marie-Theres durch den Garten kam. Du kannst davonlaufen, sagte Marie-Theres, aber ich tu dir eh nichts. Wenn du wartest, kriegst du Futter. Die Katze beobachtete, wie Marie-Theres über ihrem Kopf den Schlüssel ins Schloß steckte, umdrehte, die Tür öffnete. Sie rannte ins Haus, noch ehe Marie-Theres einen Schritt hineinsetzen konnte. Vor der Küchentür wartete sie auf Marie-Theres, ließ diese vorangehen und folgte. Statt die Milch zu trinken, die Marie-Theres ihr auf den Boden unter der Abwasch hingestellt hatte, sprang sie auf das Fensterbrett und blieb dort in der gleichen Haltung sitzen wie am Tag davor. Nur daß sie diesmal herinnen saß und nach draußen blickte.

Dann drehte sie den Kopf herum, blickte zu Marie-Theres, die, eine Hand auf die Abwasch gestützt, den schlanken Tierkörper anstarrte. Diesmal war der Blick freundlich, auffordernd geradezu: Komm her, du darfst mich streicheln! Vorsichtig schlurfte Marie-Theres näher. Sie war seit damals nicht mehr am Golitsch gewesen. Und jetzt waren nicht nur ihre Füße müde. Langsam hob Marie-Theres ihre rechte Hand, berührte mit der rauhen, zerrissenen Haut der Handinnenfläche den seidigen Pelz. Castra, flüsterte sie, und die Katze schloß die Augen und neigte den Kopf in die Hand hinein.

Als Marie-Theres vom Küchentisch hochschreckte, an dem sie, ihren Oberkörper auf die Tischplatte gebettet, eingeschlafen war, ruhte die Katze eingerollt auf ihrem Schoß. Verwundert betrachtete Marie-Theres sie. Castra war zurückgekommen. Nach, jetzt rechnete sie, 58 Jahren. Castra oder Veronika. Es konnte auch Veronika sein.

Marie-Theres stellte eine Schüssel Milch auf die Türstaffel, bevor sie den Regenschirm an sich nahm. Sollte Castra zurückkommen, während Marie-Theres noch unterwegs war, würde sie erkennen, daß Marie-Theres an ihrer Gesellschaft etwas lag. Schon seit vier Jahren fuhr Marie-Theres nicht mehr mit dem Fahrrad, obwohl sie körperlich gut beieinander war. Eines Tages hatte sie beschlossen, daß sie von nun an ihre Füße immer auf die Erde setzen wollte. Jeder Schritt sollte sie mit jener Materie verbinden, an der sie hing.
Der Weg zum Golitsch führte auf Güterwegen, von denen fast alle inzwischen asphaltiert waren, zwischen den umbrochenen Äckern entlang. Auf einem der Felder ernteten Bauern den späten Mais. Nur noch die Kürbisse, die zwischen dem zusammengefallenen Laub plötzlich prall und leuchtend auf den Feldern zu sehen waren, mußten noch eingebracht werden. Und auf einem einzelnen Feld der aristokratisch stehende Amaranth mit den roten, feisten Schöpfen. Im Pulkautal trieb der Westwind die herbstliche Feuchtigkeit vor sich her. Als sie Obernalb erreichte, hatte sie bereits sieben Kilometer hinter sich gebracht. Ihr Schritt

war akkurat und schnell. Zügig stellte sie einen Fuß vor den anderen, hielt nicht inne. Diesmal stieg sie von der Nalber Seite auf den Golitsch, steuerte den Steinbruch unter dem Quellschutzhäuschen an. Pagode hatten sie früher zu dem kleinen, gemauerten Haus gesagt, ohne genau zu wissen, was eine Pagode ist. Das ist eine Pagode, hörte Marie-Theres Veronikas Stimme, eine Pagode! Und sie erinnerte sich daran, daß sie, weil Veronika behauptet hatte, Pagoden wären chinesische Häuser, beim Näherkommen zum Quellschutzhaus immer erwartet hatte, einen Chinesen mit rundem, spitzem Strohhut zu entdecken. Oder eine Chinesin, der ein dicker, schwerer, schwarzer Zopf weit über den Rücken hängen mußte.
Bergauf ging es nun etwas langsamer, Marie-Theres' Atem wurde schwer, ihr Brustkorb hob und senkte sich, um den Atem zu befördern. Obwohl es inzwischen noch dunkler geworden und der Nebel in einen leichten Regen übergegangen war, konnte Marie-Theres aus einiger Distanz bereits erkennen, daß das Schutzgeländer, das den Steinbruch oben einfaßte, in genau jenem Segment, direkt vor dem Quellhäuschen, fehlte. Marie-Theres blieb stehen. Ihr Herz raste wie der Trommelschlag galoppierender Hufe. Sie schloß die Augen, senkte den Kopf, zog das Tuch tiefer in die Stirn. Den Schirm zu öffnen, daran war nicht zu denken, obwohl der Regen nun stärker wurde. Der Wind war zu heftig.
Einige Schritte später blieb Marie-Theres nochmals stehen. Wieder sah sie hinauf zum Häuschen, schätzte ab, wie lange sie noch aufsteigen mußte, um sich dort eine erste Rast zu gestatten. Entlang des Abgrundes glänzte der Stein im Regen. Und dort, wo das Geländer fehlte, war jetzt etwas anderes zu sehen. Etwas Helles, Kleines. Marie-Theres schob den Kopf etwas nach vorne, um besser sehen zu können. Im Regen, direkt am Abgrund, saß etwas, das weiß war. Und das ja nur Castra sein

konnte. Marie-Theres sah es nun genauer. Castra hatte sich direkt am Abgrund niedergelassen, dort, wo der kleine Granithöcker aus dem Felsen herausragte. Dort, wo Veronika gestolpert war. Marie-Theres' Schultern senkten sich, ihr Rücken wölbte sich empor, während sie kleiner wurde. Veronika stolpert. Veronika! Das hab' ich nicht gewollt! Sie ist gestolpert, weil Castra sie gekratzt hat. Sie hat Castra im Arm gehalten, und Castra wollte weg. Castra hat Veronika gekratzt. Ja, so war es. Castra hat Veronika gekratzt, und Veronika ist, als sie Castra abwehren wollte, gestolpert. Und sie ist in den Steinbruch gefallen. Und Castra ist mit ihr hineingefallen. Sicher, sie hatte Castra im Arm, als sie gefallen ist. Schuld ist Castra.

Marie-Theres hebt den Kopf wieder und schaut zur weißen Katze, die über den Steinbruch hinweg blickt. Castra wartet auf sie. Marie-Theres muß weiter. Es regnet heftig. Langsam setzt sie nun Fuß vor Fuß auf dem glitschigen Granit, sieht nicht mehr auf. Hantelt sich am Geländer entlang, das den Steinbruch einzäunt.

Als die weiße Katze vor ihren Füßen auftaucht, hält sie inne. Die Katze hat sie erwartet, blickt ihr ins Gesicht. Ihre großen Augen schauen sanft und traurig.

Wo bist du hin? fragt Marie-Theres. Niemand hat dich gefunden. Sie beugt ihre steifen Gelenke, bis sie neben der Katze kniet. Aber sie wagt es nicht, sie zu berühren.

In ihrem Kopf ist sie fast sechs Jahrzehnte jünger. Steht sie ihrer Schwester gegenüber. Kämpft sie um ihre Katze, die sie Castra genannt hat, obwohl Veronika sie voll Häme darüber aufklärt, daß dieser Name einem kastrierten Kater zustünde, nicht aber einer Katze. Veronika stürzt nicht, weil Castra sie gekratzt hat. Marie-Theres hat ihr einen Stoß gegeben. Nein, sie sollte nicht in den Steinbruch stürzen, sie hatte ja Castra im Arm, und Castra sollte nicht zu Schaden kommen. Aber Veronika ist hin-

abgefallen, und Castra mit ihr. Und Veronika haben sie gefunden, aber Castras Körper niemals. Und jetzt ist Castra wieder hier. Castra weiß schon, daß Marie-Theres sie beschuldigt hat, an dem Unglück schuld zu sein. Castra weiß, daß Marie-Theres, um ihre eigene Schuld zu vertuschen, sie, ihre beste Freundin, verraten und verkauft hat. Aber jetzt ist sie zurückgekommen und hat Marie-Theres an den Schauplatz ihrer Schuld geführt.
Marie-Theres neigt sich zum Abgrund und sieht über den Rand. Es geht ja nicht sofort tief hinunter, man muß schon sehr unglücklich stürzen, um ganz unten anzukommen. Sie spürt Castras Pelz im Gesicht. Haare im Gesicht. Zärtlich schmiegt sich die Katze gegen Marie-Theres' Wange, beginnt diskret zu schnurren.
Marie-Theres schluckt. Castra hat sie nicht hierher gebracht, weil auch Marie-Theres in den Steinbruch stürzen soll. Castra ist nicht gekommen, weil Marie-Theres nun bezahlen muß für ihr Verbrechen. Castra schmiegt sich an Marie-Theres' Wange und schnurrt. Dann steht sie auf und macht einen Katzenbuckel. Marie-Theres staunt, als sie sieht, daß Castra ihn nicht ganz durchhält, schnell mit dem Hinterteil wieder auf den Boden sinkt, eine Ungeschicklichkeit wie von einer kleinen, jungen Katze. So wie Castra damals, die auch keinen Katzenbuckel durchdrücken konnte, ohne hinten wieder einzuknicken. Marie-Theres wendet den Kopf, um zu sehen, wohin Castra geht. Dann stützt sie sich auf beide Hände, erhebt sich mühselig vom nassen Boden und folgt der weißen Katze. Mit hochgerecktem Schwanz schreitet sie voran, läßt den Steinbruch und das Quellschutzhaus hinter ihnen und tritt über saftige Hauswurzen. Castra steuert das steinerne Schiff an. Da stehen sie dann nebeneinander, die alte Frau und die weiße Katze. Vor ihnen wellt sich ein Nebelmeer über gefährlichen Untiefen. Die Segel sind gebläht im Wind, und sie reißen das Schiff übers Wasser. Die alte Frau sieht

hinaus in die Unendlichkeit, und ihr Gesicht ist naß. Daneben steht die weiße Katze, und die Spitze ihres aufrechten Schwanzes weist ins Grau wie eine Kompaßnadel.

Julian Schutting

KATZENTAGE

(aus dem gleichnamigen Roman; Residenz 1995)

VIOLA. von mir auch Violetta, Violine oder auch bloß da Gamba gerufen, da sie („hört auf den Namen Viola“) ja ohnehin nicht herhört, bei korrekter Namensnennung nicht einmal aufhorcht. ihr ist anzusehen, daß sie ein Geschwisterkind ist: schmächtig, wie es vielleicht auch die ägyptischen Prinzessinnen gewesen sind mit Pharao-Bruder und Pharao-Schwester zu Eltern, und überdies „verhungert“, da eine schlechte Esserin (nascht lieber Fischzuckerln, als zu den Hauptmahlzeiten was Ordentliches zu essen) – der Vergleich mit spätgeborenen Gottkönigskindern aus altägyptischem Geblüt im übrigen eine Beschönigung; die Entsprechung wäre (Klassen- und Rassedenken hin oder her:) ein auf sich gestellt zu Mißtrauen genötigtes Proletarierkind, ein bettelnd streunendes Zigeunermädchen, so unkindlich und abweisend ihr Blick (wohlgenährt aber wäre sie häßlich auf ihren dünnen hohen Beinen, kein Fleisch vertrüge der zarte Knochenbau, auch wegen des dann deutlich zu klein geratenen Kopfes). ihre Leichtigkeit und Langbeinigkeit befähigen sie zu einem Springginkerl: springt um einiges höher als der kraftvoll abspringende Bruder, huscht den Wandteppich hinan, den er sich mit Kraftaufwand erkraulen muß. wohin immer er in schönen Sprüngen hinanhatzt aus Lust an geballter Muskel- und Sehnenenergie, dort langt sie früher an, nach einem Dahingehusche wie Feuerschatten: scheint zwischen den einzelnen Sprüngen deren materielle Grundlage nur zu berühren, hinangerissen wie Asche von frischaufgeflammtem Kaminfeuer.

dreieckig das Gesicht (seines kugelrund), schwarzbraune Maske, das übrige aschgrau (er ganz weiß, bis auf die blauschwarze Maske und Schwanzspitze). die graubraunen, dann wieder schwarzblauen Augen sind schräggestellt, bis ins Einschlafen aufgerissen, immer von fiebrigem Glanz und ein wenig nach vorne gequollen wie bei der Basedowschen Krankheit – starren alles an, starren überallhin, als sähe sie Gespenster oder könnte die Welt nicht fassen; starrt mit feurig funkelnden Augen durch dich hindurch, ohne jemals deinen Blick zu erwidern oder ihm auszuweichen. schielen tut sie zwar nicht, aber die Merkwürdigkeit ihrer Augen und ihres Blicks, von der Rundäugigkeit des kauz- und kulleräugigen Bruders verstärkt, illustriert ein Märchen aus ihrer Urväter Heimat: eine siamesische Prinzessin habe ihren Katzen all ihre Edelsteine zur Bewachung anvertraut, davon würden diese schielen (einzig sie, wäre hinzuzufügen, habe immer nur einen Edelstein nicht aus den Augen gelassen, könne in denen nun nicht loswerden die Spiegelung seines Feuers). kaum lebensfähig geboren und mit dem von Anbeginn gesünderen Zwillingsbruder früh von der kranken Mutter getrennt, ist sie von ihrer Menschin, der denkbar besten aller Katzenmütter, wie ein aus dem Nest Gefallenes aufgepäppelt worden; neigt zu Allergien, ist unmittelbar nach der ersten und einzigen Impfung aus einem Erstickungsanfall in Bewußtlosigkeit gesunken. läßt sich, brav schluckend, mittels ihr wie ein Schnuller ins Maul geschobener Injektionsspritze diverse Medizinen und Vitamine einflößen, wohl nur von der einen (als ein Gast für zwei Tage vor erstem Stellvertreter-Dienstantritt mit Katzen und Katzenbräuchen ausreichend vertraut gemacht, erlange ich allmählich den Status, der Scheuen blunzn und powidl zu sein, was abzulesen ist dem nicht mehr verkniffenen Blick und dem Ausbleiben jeden Zurückweichens; herzliche Sympathie bleibt aber beidseitig aus – nie fiele es mir ein, sie nach dem Beispiel der vielleicht von ihr Vermißten aufzunehmen und etwa gar wie ein Kind zu schaukeln, egal ob sie sich solche Intimität meinerseits strikt zu verbitten wüßte; auch von ihrer Vitaminkur darf sie pausieren). heißt im übrigen offenbar gut das herzliche Attachement zwischen mir und ihrem Herrn Bruder: die Hauptsach, ich hab meine Ruh, hab bei Bedarf einen zuspringlichen Ruhestifter zur Hand und stets korrekte Bedienung!

als eine fast Stumme (mit hohem Stimmchen läßt sie ganz wenige Male ein winziges i-au hören) braucht sie wenig Ansprache, richtet sich gern kleine Wohnungen ein; wüßte sich durchs Leben zu schlagen, er jedoch säße wehklagend auf der Straße. ähnlich wie laut einem Zarah-Leander-Schlager eine Frau erst schön durch die Liebe wird, wird sie, nach sie verhäßlichender Trächtigkeit, erst schön durch die Mutterschaft – wird sich, davor noch nicht ganz ausgewachsen gewesen, während des Heranwachsens der bloß etliche Monate jüngeren Kinder schön langsam „zusammengewachsen" haben, von der diesen reichlich gegebenen Milch die bald schöne Seele miternährt. Viola nun beinahe ebenbürtig dem weißen Puma.

er, sie, alle zwei. für die häufige Bekümmerungsanzeige, den Quetschfaltenwurf an der Denkerstirn, könntest du ihn Dodl schütteln und tust das ja auch: läßt ihm die abwehrend versteiften Beine perpendikeln, bis die gespreizten Zehen sich wieder schließen, weißt was, geh spielen!

seine Hundeähnlichkeit ist eins mit seiner unstolzen Zudringlichkeit: wirf ihn von dir, und er ist schon wieder auf dir; also wird wenigstens in bezug auf ihn niemand behaupten, Katzen seien eigenständige Persönlichkeiten, der er auch mit mäh-

Geweine zum Spiel ruft – niemals bietet sich die Gelegenheit, ihn Menschenfreund etwa aus Versunkenheit in Menschenfernes aufzustören, weg da, vai, via, unten bleib, und merk dir: dich vom Tisch zu stoßen ist nicht Bestandteil eines Spiels! das? das ist ein Aspirin C, jawohl, blubberdiblubbige Brausetablette, schnupper nur! tja, da muß die Forschernatur niesen, oje, ein Spritzer in die Augen!

wo aber ist sie? nirgends dort, wo du sie gerne weißt, nicht hinterm Bett, nicht unter der Bettdecke, nicht im Fauteuil unter deinem Pullover, nicht hinter Vorhängen, nicht in der Bibliothek zwischen oder auch hinter Büchern, nicht unter der Abwasch, Viola?, nicht im Badezimmer oder im Klosett, nicht bei den Koffern oder den Schuhen, nicht in der Besenkammer, Viola?, nicht im Schirmständer – mit Herzklopfen die vor ein paar Stunden herausgezogene und achtlos zugeschobene Schreibtischlade zu öffnen, auch nicht! bang wird es dem Katzenhüter, Bodenvase auch nicht, Tür zu Marias Schlafzimmer abgesperrt. dich dann endlich ihrer philosophischen Ader zu besinnen – mucksmäuschenstill sitzt sie in der Badewanne, unterm tropfenden Wasserhahn.

ein Hund würde schon an der Tür sein, kaum daß du dich nach den Schuhen bückst, doch die beiden kapieren nicht einmal, was es mit dem Mantel-Anziehen und Nach-den-Schlüsseln-Greifen für eine Bewandtnis hat; bleiben für die Türglocke taub wir fürs Telephon. aber wenn du dann die Wohnungstür möglichst leise einen Spalt öffnest (veränderte Raumakustik? katzische Hypersensibilität gegenüber feinsten Luftströmen und von diesen transportierten Fremdgerüchen?), sind sie daran, hinauszuschlüpfen, mitten aus dem Schlaf in einem weitentfernten Zimmer.

das Gedächtnis von Katzen? zweifellos erkennt er dich bei deiner dritten Ankunft nach vierwöchiger Abwesenheit: du der einzige Besuch, zu dessen Begrüßung er sich an den Wandteppich krallt, in Erwartung der nur mit dir praktizierten, gemeinsam einstudierten Kämpfe (zwar nicht wie ein Hund dressierbar, wirft er sich bei jedem Wiedersehen nach kurzem Kampfgang auf den Zuruf: Bauch-bauch-bauch! wie ein Dackel auf den Rücken, aber nur für ein liebkosungsfreies Herumgerücktwerden auf dem wohltemperierten Steinboden, Katzennatur und Hundeseele im Widerstreit: schon sind die Hinterbeine angehockt, trommeln rascher und kräftiger gegen die Hand; würden bald – du, untersteh dich! – die Krallen hervorschnellen, der lästigen Maus den Bauch aufzuschlitzen?). am Tag der Bekanntschaft, sie waren noch richtige Kinder, hattest du dir ein ätherisches Öl auf den Handrücken geträufelt und aufgesogen, für die beiden von unwiderstehlichem, mit Seife nicht gleich losgewordenem Geschmack und Geruch, denn noch in der Nacht wollen sie daran lecken. und nun hast du dir die gleiche Verkühlung geholt, schüttelst dir den Rest der Naturmedizin aus dem Fläschchen in den Rachen, und die Katzen? schnüffeln und schnüffeln an der anderen Hand, an der damals genau richtigen Stelle, zwischen zwei Knöcheln!

er sieht dich wirklich an, kann in seinem Gesicht etliche Gefühlslagen ausdrücken. ihr Blick geht zwar auch dorthin, wo dein Gesicht ist, aber so, als wäre da weiter nichts – verinnerlichter Leere scheint sie in edlem Schwachsinn hingegeben zu sein, ist aber intelligenter als das lustige Bruderherz: die nicht gut schließenden Türen versteht sie zu öffnen, er beschwert sich über das Ausgesperrtsein (und wird nie begreifen, gegen welche Tür er aufgerichtet zu drücken hätte, welche mit hakelnder Pfote aufzuziehen ist, wie oft er sie auch schon in diese Concierge-Dienste gerufen hat)

na, das nenn ich mir eine Begrüßung des Schweinsleber-Beschaffers! wie ein Transparent oder Teppich entrollt, zieht

sich, was eine Klopapierrolle gewesen ist, über den Gang in die Bibliothek; so regelmäßig wie die Perforierungen die also an dem noch Aufgerollten vorgenommenen Biß- und Reißornamente, auch Flaumfedern und Schnee scheinen sie dir zum Willkomm gestreut zu haben beidseitig der weißen Bahn.
sie fliegt auf alles, was glänzt, bevorzugtermaßen auf glänzende Maschen. löst sich diese unbeschädigt beispielsweise von den für die zahlreiche Menschenverwandtschaft verfrüht eingepackten und in einem mit kräftigem Drücken sogleich geöffneten Kasten gestapelten Weihnachtsgeschenken. packt aber nur alles das aus, was in Grün-, Silber- und Goldschimmerndes gehüllt ist (während du ihr dabei zuschaust, weil sie das so behutsam macht, hat er sich draußen im Vorzimmer eine neue Technik zurechtgelegt, deine Schuhe zu entwaffnen – wird sie nicht mehr nach mühseligem Gewühle in ihrem Bauchmaul und nach Herumgeraufe mit der Verschnürung herumschleifen, bis sie sich, weitgehend ausgeweidet, die Gedärme vollends entschlüpfen lassen: statt sie herauszureißen, hat er die Schuhbänder, auch die kantigen aus Leder, an jedem Kreuzungspunkt durchgebissen. und die mit Lamm gefütterten Schuhe wie eine Gans gerupft. daß an jenen nun nichts mehr zu stückeln ist, dem hast du das italienische Wort für „Schnürsenkel" zu danken; und mit den entlammt kalten Füßen versöhnt dich die Andacht, mit der er dir beim Einfädeln der neuen stringhe zuschaut – so aufmerksam, ohne jedwedes Zucken der Pfoten, als hätte er allen Ehrgeiz dareingesetzt, nach neuerlichem Vernichtungswerk die nächste Einfädelung höchstpersönlich vorzunehmen und dir auch noch doppelte Maschen zu binden)
sie Elster fliegt auf Glänzendes, hat sich im Badezimmer von der Etagere längst Ohrgehänge, Döschen, Flacons und dergleichen Schätze heruntergeholt. und wenn sich eure Chefin noch einen zusätzlichen katzenfreien Auslandstag gönnt, dann wird dir,

Viola, das Geheimnis ihrer Schmuckschatulle eröffnet, such dir eines der feingesponnenen Gold- und Silberkettchen aus!,
er Blu aber drängt seine Neugierdsnase am liebsten bis über beide Ohren in von ihm enfaltete und kunstvoll gebauschte Papiersäcke – unter einem Tschacko läuft er kopflos herum, besser dran als ein Stier mit verbundenen Augen, läßt ihn sich zu einer Bischofsmütze zurechtdrücken und schüttelt ihn erst ab, wenn man ihn zwickt. noch lieber wühlt er sich in Tragtaschen aus Knisterkunststoff hinein, wirft sich darin herum, dreht sich in eine so blödlich hinein, daß ihm der eine Traghenkel zu einer Babybauchbinde wird, der andere zu einer Halsschlinge, du wirst schon sehen, eines Tages wirst du erstickt sein! wie um sich aus dieser Drohung zu befreien, springt er herum, ein supermercato-rosa aufgeblasener Fischfrosch mit Schweifflosse und zwei kräftigen Kaulquappbeinen, kommt allzu bald aus der Blase frei, mithilfe deren Geraschel rabiat zugefügten Rissen – das hat sogar der Morosen gefallen, oder wäre das erst das vom Kaffeetisch gerissene Spitzentuch gewesen, das auf Blupfoten durch den Korridor schleicht?
die vielerlei Umarmungen, in denen sie beisammenliegen; eins in den Armen des andern, indem dieses jenes umarmt, als wären sie siamesische Zwillinge auf die Menschenart!
in der Küche. da schau her! auf dem Menschentisch aus Menschentellern heimlich von dem zu naschen, worüber sie, in der eigenen Schüssel vorgefunden, die Nase rümpfen würden, kurz vor beleidigtem Abgang. des öfteren holt sich Viola aus dem Küchensieb ein Spinat- oder ein Salatblatt, huscht mit dem geretteten oder entführten Kind in einen dunklen Winkel; auch Blu, bekümmert beobachtet er die beiden, wird nicht klug daraus, ob sie für ihre ungeborenen, noch lange nicht in ihrem Bauch befindlichen Kinder eine fette Maus gefangen hat oder an einer Puppe ihr Kind zu hüten übt – welch eine Leistung an

Instinkt und Phantasie seitens ihres Kinderbauches, seitens ihres beschränkten Hirns! nicht zum Spiel fordert sie ihn heraus, sooft sie sich über das Blatt duckt, anders als über Spielzeug wie eine brütende Henne – ängstlicher Blick, ein Vibrieren und Zittern geht über die schützende Haltung hin, du, das gehört nur mir!, hat es ganz an den Körper herangerückt, schmiegt sich darüber, wie um es zu wärmen. springt er trotzdem hin, obwohl er sich nicht recht getraut, fährt sie auf ihn los, bravo!, er zieht sich zurück; wer hätte ihr das zugetraut, die sie ihm als die Schwächere immer pariert! unversehens sind sie sich einig, daß das Streitobjekt in den Ausreibfetzen gebettet gehört: in den wird es eingeschlagen und der niedergehalten, bis sich nichts mehr rührt. fällt ihr das Blatt in die Wasserschüssel, weil sie es vorm Trinken nicht aus dem Maul lassen wollte, möchte sie es herausholen aus dem Ertrinken, Klagelaute und zurückzuckende Pfote, da hast dein grünes Kind! mit grünem Schnauzbart stakst sie stolz davon – kurz schaut er ihr nach, wendet dir dann ein zerquältes Antlitz zu, jaja, die ist verrückt!
winzige Bisse beim Essen, als wären sie zahnlos, so sorgfältig wird alles zerkleinert – das sind nicht Faxen, sie sind bloß nicht Schlinger wie die Hunde. schütteln dabei manchmal den Kopf, als hätten sie (das Essen ist nicht brennheiß) eine Fliege im Ohr oder als zuckte das Fleisch noch vor Leben, schütteln noch fahriger eine hochgerissene Pfote (sie frißt stehend, er aber macht es sich bei jedem Mahl gemütlich – legt sich dazu hin, es sei denn, es würde ausnahmsweise in nur einer Schüssel serviert – da steht er breitbeinig da, um sie immer mehr abzudrängen)
vom Einkaufen mit zwei vollen Plastiksäcken heimzukommen, schon sind sie vor dir in der Küche. stellst du das Zeug dort ab, um dich dann erst im Vorraum der Winterkluft zu entledigen, so stecken danach ihre Nasen entweder noch in den Säcken oder ist die Verwüstung schon in vollem Gange, Ausleerbares ausgeleert,

Eingewickeltes ausgewickelt, inmitten von Wachspapierfetzen Wurst und Käse angefressen, das also die Wahrheit über die hilfreichen Heinzelmännchen.
aufgerichtet wie Zirkushunde hanteln sie sich auf der Kredenz die Küchenkasteln entlang, greifen auf die Stellage hinauf, nach dem Teller, auf dem ihr Tiefkühlfisch auftaut, nicht kippt der Teller um (wüßten sich auch in der Bibliothek nach solch einer Wanderung die Bücherstellagen entlang das einmal da, einmal dort versteckte Fischzuckerlsackerl herunterzuholen). aus dem Einsatz mit trocknenden Tellern über der Abwasch fischt sie sich, hoch hinaufgestreckt, einen Drahtwaschel heraus (liebste Beute: Blutwarmes wie Küchenschwamm oder Waschlappen).

Am Schreibtisch. auf dem Schreibtisch gewinnen sie Affenhaftes, nehmen Kugelschreiber und Bleistifte in die Hand, wühlen in deinen Blättern, rücken an deinem Lineal herum, scheinen sogleich dahinterzukommen, wozu Radiergummis gut sind. aufmerksam beobachten sie, was deine Hand so schreibt, studieren noch aufmerksamer, wie eine Geheimschrift, die Schattenzüge des Kugelschreibers übers Papier hin, drehen im Mitlesen den Kopf von links nach rechts, nachdenklich wie die gewissen zwei Raffael-Engerl. beugen sich, die Konzentration läßt nach, über die Schatten ihrer Ohren, vergraben sich in ein Lexikon, ziehen eingelegte Zettel heraus. dein Herumgeblätter, und aus ists mit dem Ernst von Schulanfängern – sie fassen hin, fressen das zerraufte Blatt an, reißen ihm eine Ecke heraus, spucken kopfbeutelnd winzige Papierfetzen aus, nagen an deiner Mappe und kriechen in eine rasch entfaltete Zeitung hinein. legen sich, danach wieder ganz brav, genau auf das Papier, auf dem du kritzelst, in den wärmenden Lichtkreis der Schreibtischlampe. lassen sich lang in die Augen schauen – nicht wirst du es satt, diese als dunkle und helle Mondlandschaften zu lesen. dir raucht nicht der Kopf vor lauter Denken, ihnen aber, als sie sich aufrichten, Schweif respektive Rücken: stinkende Wolke, die sie nicht geniert, riechen interessiert an ihrem verbrannten Fell herum. seinen Geist aber gibt auf das berührungsempfindliche Halogenlicht.

wieder Schreibtischbesuch. hellblauäugiger, schneeweißer Waldohreulenblu. und wenn du, besinnlich gestimmt, dein Gesicht an der Schreibtischlampe hast, wäre in deinen Augen also was zu studieren? ein feingekörnter Meeresboden? das helle Himmelsgewölbe mit erloschenen Sternen? der nichteingeschattete Morgenmond, ein Stern mit Aspahltsee oder Schwarzmeer-Krater in seiner Mitte? die morgenblaue Sandwüstenlandschaft eines noch unentdeckten Planeten, in der winzige Granate und Mondsteine aufleuchten? aber du hast ja Glasaugen, Murmelsteinaugen hast du! von Wassereis dick verglastes Rundbild, durch einem entgegengewölbte Bullaugen schaut man statt in ein Schiff in ein Meer hinein! hellblaue Mondscheibe unter schön gekrümmter Lupe, laß sehen die Gold- und Samenkörner, von denen der Meeresgrund deiner Augen übersät ist, so tief hinunter sieht man durch eine glasklare Wassernacht! freiwillig nun auch Viola auf Schreibtischbesuch, aber nur, weil ich die Schreibmaschine aus dem Gehäuse hebe: wird in dem ein neues Schlafgefühl auf seine Güte testen. dem Blu aber gefällt mein Zweifinger-System, greift mir in die Tasten, noch mehr begeistert vom Aufspringen und Anschlagen der blitzenden Letternbügel, wirst gleich einen Dreschflegelschlag auf den Fingern haben, wenn du noch einmal hineingreifst in das Springnest, und jetzt möchte ich nicht länger gestört sein! (er zieht, mit Hilfe seiner Schwester, die nichtbenutzte Schreibunterlage aus dem Maschinenlärm, gemeinsam rücken sie sie, wieder einmal, etwas zu weit über den Tischrand hinaus, kippen mit ihr hinunter und

stieben davon, zu neuen Taten!)
nachts die beiden miteinander schlafen zu sehen, und ein anderes Naturbild taucht dir aus ihnen auf, ein verschneites Gebirgsmassiv, aus dem vier Felshörner ragen.

Morgenandacht. in dem Raum mit dem schönsten Morgenlicht, auf einem kleinen Schreibtisch, an eines der hohen Fenster gerückt, halten sie ihre Morgenmeditationen,
wüßten sich in diese zu einer früheren Stunde gerufen, nämlich zu der Zeit, wo, mit der Dämmerung, der Nacht und auch ihrer beider Nachtnatur ein Ende gemacht ist, würden die Jalousien nicht erst hinaufgeholt, als es schon vollausgeprägter Tag ist (versäumt bleibt der Moment, in welchem sie sich der Morgenanbetung besinnen: ob so zur gleichen Zeit wie punkt achtzehn Uhr vierzig des Abendhungers; ob eins dem andern mit gutem Beispiel voranspringt und sich dieses sogleich nachfolgen weiß)
eben noch waren sie misslaunig herumgezogen, ausgesperrt von der Lustbarkeit des Bettmachens, hatten anklagend, lästiges Herumgestreiche auf dem Küchentisch, ihr Frühstück eingefordert (nur Menschen meditieren auf nüchternen Magen), und geht man dann nachschauen, worüber sie sich diesmal hergemacht haben zur Besserung ihrer Übellaunigkeit, so hält man ein, in der letzten Tür, vor dem Geschwisterbild, einem Rückenbild, reizender anzusehen als zwei stille Kinder in einer Kirchenbank: gestreckt, und davon auch er recht schmal, sitzen sie Seite an Seite vor dem Fenster, die nur in dieser Haltung um einen Kopf kleinere Schwester zu seiner Rechten; beide haben den Kopf gehoben, wird hoch hinaufgerichtet bleiben.
nichts regt sich an ihnen, sind nicht von deinem Ins-Zimmer-Treten in der Andacht zu stören, nur dann und wann rührt sich, wie im Lufthauch ein Blatt, eines der zur Abwehr von Außen-

welt zurückgelegten Ohren.
je nachdem, ob draußen ein heller oder ein trüber Tag ist, sind sie zu Schattenrissen einschattet oder aus kreideweichem Material modelliert. für komplette und perfekt präparierte Katzenfelle könnte man sie halten, über einen katzenförmig geformten Stein gestülpt, erschienen sie einem nicht von Seelenleben ausgefüllt und unter einer gemeinsamen Hülle weltferner Übereinstimmung befindlich: also während der Zwiesprache zu zweit mit wem oder womit auch immer für eine kleine Weile, nämlich eine halbe Stunde, ihrer primitiven Existenz enthoben, zu der Devotion der Hunde und auch Menschen für ein höheres Wesen befähigt.
unbeirrbar bleiben sie aus sich hinausgehoben (ein einziges Mal kehrt dir Störenfried eines den Kopf zu, hat ihn gleich wieder hinangehoben), von geteilter Andächtigkeit still gehalten und von einem Körpergefühl oder Sinnesempfinden erfüllt, das nicht ganz von dieser Katzenwelt sein kann. mißtrauisch warst du das erste Mal ihrer Blickrichtung gefolgt, ob morgens da oben nicht vielleicht ein Turmfalke kreise; auf Höheres ausgerichtet, weicht ihr Blick auch nicht zu den auf dem Hollerbaum jenseits der Straße sich tummelnden Tauben und Spatzen ab – die bewegungslos je einen Himmelspunkt fixierenden und zugleich auf Unendlich gestellten Augen könnten daher genauso gut geschlossen sein (wird vis-à-vis ein Fenster so geöffnet, daß Sonnenlicht auf sie geworfen wird, ist ihren Pupillen abzulesen, daß Gottes Angesicht zu schauen ihnen nicht die Sinnesorgane beschädigt hat)
Feierliches ist um sie, das Hochgefühl über eine höhere Existenz, und die Feierlichkeit ihrer Bethaltung, eins mit dem Hinaufhorchen und anderes als Sonnenlicht Sich-zuströmen-Lassen, gleicht dem In-sich-Hinabhorchen im Yoga-Sitz Meditierender. nicht leer ihre Augen, ihr Blick nicht erstarrt, obwohl er nicht

wandert – was ist es, das aus höheren Sphären zu ihnen herabdringt, durch doppeltes Fensterglas? dem Morgen gilt ihre Morgenandacht, den noch reinen Morgen beten sie an, sich ihm und dem neuen Tag auch über Nebel und Regen hinweg nahe wie einer Gottheit – was sie durch Nichtstun tun, könnte von jenen Ausdruckstänzern ins Lächerliche übersetzt worden sein, die der Sonne die Arme entgegenstrecken (nach den letzten Hüterdiensten an die beiden zu denken, als in einer Zeitung von einem Beagle-Hund zu lesen steht, der in einen Brunnenschacht gestürzt war und nach sieben Wochen lebendig geborgen worden ist, bloß ganz abgemagert: vom Hinaufstarren durch fast fünfzig Tage und Nächte in den Rettung verheißenden Himmelskreis sein Genick für lange versteift)

Elfenreigen, Geistertanz. einmal am Tag, in der Dämmerstunde des Abend, kommt die Geisterwelt über die beiden, ergreifen Geister von ihnen Besitz, für eine Vergeisterung, die nicht lange währt, an die dreißig bis vierzig Sekunden, und wie auf Pistolenschuß beginnt die Wilde Jagd der eben noch Dösenden oder Scherzenden – als zwei weiße Schatten fliegen sie auf einem Luftkarussell nebeneinander die Zimmerwände entlang, in Brust-, wenn nicht Kopfhöhe unseresgleichen, wogen in so raschen und rasch die Richtung wechselnden Kurvenbahnen durchs Zimmer, daß nur an dem Aufwärts- und Abwärtswogen des gleichfalls in Bewegungsunschärfe gehüllten Dahinschnellens über Luftpolster hin zu ersehen ist, daß die Schwunggliedmaßen, nach dem ersten Absprung waagrecht gestreckt wie die Sprungkörper, zwischendurch auf Sessellehnen, Bücher- und Fensterbrettern aufsetzen, zur Verlängerung des Dahinhatzens durch bodenlose Luft: selber Gespenster, werden sie von Gespenstern gehetzt, lassen sich noch eine Fluchtrunde abjagen, noch einen irrlichternden Geistertanz – und so plötzlich, wie sie dem Geisterreich dienstbar gemacht worden sind, ist der Spuk vorbei: in den eben noch fliegenden Körpern Fliegender Katzen ist, wie von einer Tafel gelöscht, das Abenteuerleben der Ahnen erloschen, die in freier Natur gelebt haben, ist aus ihnen dahin das Jagdfieber der Raubkatzen zu dieser Stunde – ein blauäugiger Schnee-Eulerich setzt sich zu dir auf den Schreibtisch und gähnt, seine Schwester aber bleibt auch im Schlafen ein Waldschratt.

ihr Huschiges, sein verhuschtes Weiß und beider Nebelschattiges bleibt förderlich dem Eindruck von Elfenleichtigkeit ihrer Körper, sooft sie, „Sprungkatzen" müsste ihr Gattungsname sein, ihre Beutespiele zu zweit in Balletthöhen treiben – aufgerichtet wie Umschau haltende Hasen, springen sie vom Boden weg, halten dabei mit beiden Händen ein Papierfetzchen oder ein Pflanzenblatt vorm Gesicht, um es während einer Drehung in möglichst hoher Höhe auszulassen und sich, wie ein Hufeisen der Körper gekrümmt und die vier Pfoten gestreckt zusammengehalten, auf es zu stürzen und es wieder einzufangen; oder sie springen als Beuterivalen übereinander hinweg in hochaufspringenden Sprüngen mit Drehen und Wenden am höchsten Punkt, wobei sie manchmal für einen Moment in der Luft aufrecht stehenbleiben, für ein Hinunterschauen auf das, dem sofort nachgesprungen wird.

Rolf Schwendter

DIE ERGÄNZUNG

Wir waren bei der Niederösterreichischen Landesausstellung in Melk gewesen.

Wenn es schon um die Suche noch dem verlorenen Paradies gehen sollte, wollten wir dabei nicht fehlen. Zumal Christel noch nie Melk besucht hatte, und bei mir der Besuch schon einige Jahrzehnte her war: der breite gelbe Barockblock zählte zu den Blickfängen jeder unserer Bahnfahrten nach Wien, der in wenigen Sekunden vorbei war. Also waren wir hingefahren. Zumal ich davon erfahren hatte, daß es einen dritten Teil der Landesausstellung geben würde, in der es die verweltlichten Paradiesesvorstellungen zu sehen gäbe. Wir waren für unsere Verhältnisse früh aufgestanden, in die Bahn eingestiegen, den Berg zum Stift emporgeklettert, durch die Ausstellung hindurchgegangen.

Wir waren also bei der Niederösterreichischen Landesausstellung in Melk gewesen. Das viele damit verbundene Gehen hatte uns müde gemacht, und wir waren froh, im Eingangsbereich des Stifts eine Bank gefunden zu haben, auf die wir uns setzen konnten, die Shuttle-Bus-Haltestelle im konstanten Blick. Wir hatten einander soeben wieder getroffen, nachdem wir die Objektivationen in unterschiedlichen Tempi durchschritten hatten. Ich verhehle es nicht: wir waren etwas enttäuscht. Der erste Teil, so tauschten es wir miteinander aus, war noch das Spannendste gewesen. In den neueröffneten alten Weinkellern des Stifts gab es ein einigermaßen faszinierendes Labyrinth aus den archaischen Paradiesesvorstellungen, dem Sündenfall, und den beginnenden Klosterregeln, eine Montage aus Tafelbildern, Objekten, erklärenden Schautafeln und ökumenischen Diapositiven. Der zweite Teil indes war für unseren Geschmack viel zu sehr ecclesia triumphans, und daher relativ rasch zu durchlaufen, wenn auch der Ausblick von der Außenempore auf die Donau, mit oder ohne Landesausstellung, immer lohnend ist. Schließlich der gepriesene (und auch beworbene) dritte Teil, der im fraglos schönen Garten aus wenigen Objekten, einigen kursorisch beschriebenen Stelen, und einem Tonbandlabyrinth mit durch die Büsche sich hinzitternden Stimmen von Popper bis Fried bestand.

Wir saßen also auf der Bank und unterhielten uns über Details des Gesehenen – und des gerade nicht Gesehenen. Selbst hielt ich zunächst eine spontane Rede über 500 Jahre ausgeblendete Utopiengeschichte, die doch mit der Suche nach dem verlorenen Paradies mehr als nur zufällige Koinzidenzen aufzuweisen neigt. Noch nicht einmal Thomas Morus, der doch immerhin von den Katholiken zum Heiligen ernannt worden war, war berücksichtigt worden – nicht zu sprechen von Charles Fourier, von Wilhelm Weitling (dessen „Evangelium des armen Sünders“ Utopie und biblischen Bericht miteinander verschränkt hatte), von William Morris (von dem es auch mit Sicherheit hübsche Schaubilder gegeben hätte). „Naheliegend“, so fügte ich hinzu, „daß alle diejenigen nicht einbezogen wurden, die sich selbst als Atheisten verstanden, wie Robert Owen oder wie Peter Kropotkin, oder die für Faschismus oder Stalinismus einvernahmt hätten werden können, wie Saint-Simon, wie Etienne Cabet, wie Edward Bellamy (obwohl mir zu diesem Gegenstand auch das eine oder andere aus dem Umfeld der katholischen Hierachie

einfallen hätte können). Doch noch nicht einmal die katholischen Bestrebungen selbst, zur Utopiegeschichte beizutragen, waren im Gesamtkontext beinhaltet: vom Jesuitenstaat zu Paraguay (wenn er sich nicht gerade im triumphierenden zweiten Teil in einem Winkel versteckt haben sollte) bis hin zur Kinderrepublik von Bemposta, den Genossenschaftsgründungen in der Dritten Welt, oder dem personalistischen Selbstbewußtsein Paolo Freires. Schließlich hätte es an Tafelbildern und Objektivationen zur utopischen Suche nach dem verlorenen Paradies gleichermaßen keineswegs ermangelt: von Hieronymus Bosch bis hin zu Marc Chagall, zu Arik Brauer, selbst zu den pelzbesetzten Zahnstochern Meret Oppenheims (für die Tiere allerdings, dachte ich bei mir, die als Pelzlieferanten herhalten hatten müssen, war diese Vorstellung wohl weniger utopisch, weshalb Objekte dieser Art sicher mit Recht unterblieben waren). Nicht zu sprechen von Kinderzeichnungen, deren utopisches Potential mir vor Jahrzehnten im Stedelijk Museum aufgefallen war, als sie einen Stock unter den Van Goghs hingen, und gar keine schlechte Figur dabei machten. „Ist dir eigentlich aufgefallen“, fragte Christel unvermittelt, „daß in der gesamten Ausstellung keine einzige Katze zu sehen war?“
Sofort dachte ich nach. Die Frage war nur allzu berechtigt. Christel kannte mich gut genug, um zu wissen, daß ein auch nur einigermaßen prominentes Aufscheinen einer Katze auf einem Tafelbild, einem Objekt, oder wo auch sonst immer, mich sofort zu einer Serie von „Ohs!“ und „Ahs!“ veranlaßt hätte. Dies war ja schließlich selbst bei der unverbindlichen Betrachtung des Werbefernsehens der Fall, wo noch bis in das Badezimmer hinein zu hören war, wenn die beiden kleinen Silbertiger, jede Fellsträhne perfekt ausgeleuchtet, sich über freigelegte Möbelstücke kugelten, bevor die unvermeidliche Nennung des Markennamens die Schönheit des Spots bis zum abschließenden

synthetischen Schnurren entscheidend beeinträchtigte. Ich dachte also noch immer nach, aber mir fiel tatsächlich keine einzige Katze ein. Allenfalls an der einen oder anderen Stelle ein eher verloren wirkender Hund, aus meiner Sicht zwar durchaus entbehrlich, aber selbst den Hundefreunden, bzw. Hundefreundinnen, in einem eher wenig prominenten Ausmaß.

„Nein, tatsächlich", entgegnete ich, „in der gesamten Ausstellung keine einzige Katze."

Eigentlich hatte ich bei dieser Ausstellung auch keine Katze erwartet (um so mehr hätte mich sicherlich ihr unverhofftes Auftauchen erfreut); folglich auch an diesen Aspekt kaum gedacht. Jetzt, wo Christel ihn erwähnt hatte, erschien er mir schlüssig, die Sehnsucht stellte sich im nachhinein umso virulenter ein, und im Nachdenken kettete sich eine Assoziation an die andere. In der Bibel war die Katze nicht vertreten. Vielleicht, das Alte Testament betreffend, mit guten Gründen: schließlich war sie das heilige Tier der Ägypter gewesen, sicher in Josephs Traum von den sieben fetten und mageren Jahren ebenfalls funktional zum Schutz der Getreidespeicher eingesetzt, aber nicht eigens belobigt – und da die Ägypter im Pentateuch nicht so gut wegkamen, in der Folge vernachlässigt. Auch gab es (hier im Gegensatz zu Ochs und Esel) im Neuen Testament keine einzige Story, die Jesus von Nazareth mit einer Katze in Verbindung gebracht hätte (sehr im Gegensatz zu Mohammed, dem immerhin nachgesagt worden war, sich ein Stück seiner Bekleidung abgeschnitten zu haben, um eine darauf schlafende Katze nicht zu stören). In den Klöstern muß es wohl Katzen gegeben haben, ihre Erwähnung hält sich in Grenzen (ich schloß dies aus Zen-Geschichten, welchen die Anwesenheit von Katzen in Zen-Klöstern zu entnehmen war: freilich zuweilen mit für die Katzen tödlichen Folgen, wenn nämlich Mönchsgruppen um die Katze stritten).

„Franziskus von Assisi", so setzte ich fort, „wird nachgesagt, mit den Tieren gesprochen zu haben. Schade, daß er keine Dialoge mit Katzen geführt hat – vielleicht wären diese dann hier vertreten gewesen." Christel nickte.
„Vielleicht lag es daran", korrigierte ich mich umgehend, „daß die Lieblingsgesprächspartner des Franziskus von Assisi gerade die Vögel waren, eine Tierart, der nicht gerade große Sympathien für Katzen nachgesagt werden kann – verständlicherweise."
Wir saßen immer noch auf der Bank, die Füße begannen allmählich sich zu erholen, der Platz war schattig, das Wetter einigermaßen schwül, Regen lag in der Luft.
„Da fällt mir noch ein", fügte ich hinzu, „was ein perfektes Bild für den dritten Teil gewesen wäre, hätte er denn seinen Namen verdient: der 'Coexistence Tree' von Leslie Caron."
„Das kenne ich nicht, davon hab, ich noch nicht gehört", ermunterte Christel mich zur Fortsetzung.
„Leslie Caron ist im allgemeinen ausschließlich als Schauspielerin bekannt", machte ich mich ans Dozieren, „aus Filmen, wie 'Lili' oder Ken Russells 'Valentino'. Bevor ich die Kunstpostkarte geschenkt bekommen habe, wußte ich selbst nicht, daß sie auch als Malerin tätig ist. Der 'Coexistence Tree' ist im naiven Stil gemalt, ein bauschiger, grüner, beblätterter Baum vor blauem Hintergrund, in welchem in einigermaßen regelmäßigen Abständen Katzenköpfe (sowie, wenn ich mich richtig erinnere, eine einzige vollständige Katze) und Vögel hineingemalt sind. Beide Tierarten sind in jener Vielfalt dargestellt, der die farbliche Vielfalt des Tafelbilds entspricht. Es handelt sich sowohl um verschiedene Singvögel (ich glaube, mich z.B. an ein Rotkehlchen erinnern zu können, auch ein Buchfink kann gut dabei gewesen sein), als auch um die Diversität der Katzenköpfe: eine Weiße, eine Tigerin, eine Siamesin ... Und sie befinden sich in paradie-

sischer Eintracht: weder bewegen sich die Katzen zu ihren sonstigen Nahrungsquellen, noch sehen die Vögel einen Grund zur Flucht vor ihren sonstigen Verfolgern."

Wir saßen immer noch auf der Bank. Ich wendete meinen Kopf nach rechts, um zu sehen, ob etwa der Shuttle-Bus bereits angefahren käme. Und ich traute meinen Augen nicht:

Über die letzten Stufen, die von der Melker Stadtmitte zum Stift führen, kam sie angeschritten. Mit der ihrem Gattungswesen gemäßen Grazie bewegte sie sich zur Ebene des Eingangsbereichs. Neugierig ließ sie sich von der Anwesenheit der Menschen (auch von unserer auf der Bank) nicht beirren, blieb stehen. Daß sie eine Schönheit war, scheint mir überflüssig zu erwähnen – ohne daß mir dieser bloße Hinweis hinreichte. Ihr der Grundfarbe nach weißes Fell war von einer Fülle asymmetrisch angeordneter schwarzer und roter Kreise, kleiner Flecken und schmaler Streifen geziert, so daß im Gesamteindruck das entstand, was im Jargon des feliden Freundeskreises „dreifärbig" bezeichnet zu werden pflegt. (In manchen Folkloren wird diese Art von Tieren auch als „Glückskatze" bezeichnet, was ich jedoch immer schon als mißverständlich empfunden habe: der Ausdruck unterstellt, daß etwa Katzen mit anderer Zeichnung, Färbung, Bebilderung des Fells keine Glückskatzen wären). Entfernt erinnerte mich ihr Gestus an eine ganz anders geartete Gefährtin einer Bremer Kollegin – eine Tigerin, deren fingerbreite rote, beinahe rechteckige Flecken wie Zweige aus den dunklen Streifen gesprossen waren, die dem gemäß den sprechenden Namen „Flämmchen" getragen hatte. Der Pelz unserer Melker Zeitgenossin hingegen gemahnte an ein Gemälde von Miro mit schwarzer und roter Musterung.

Sehr bemühte ich mich, meinen wahrnehmungstypischen Freudenschrei wo schon nicht zu unterdrücken, so doch so leise wie irgendmöglich zu halten. Immer noch nicht konnte ich es ganz glauben – entsprechend besorgt war ich, die Melker Schönheit könnte von etwas irritiert sein, könnte ihre Beine unter den Arm nehmen, und davonlaufen. Nein, sie tat es nicht. Zwischenzeitlich hatte auch Christel, wohl auch beeinflußt durch mein wenig kognitives Verhalten, die Mieze entdeckt. Ihre Freude stand der meinen nur um weniges nach.

Kühner als ich, stand Christel mit äußerster behutsamer Vorsicht von der Bank auf und bewegte sich auf das Tier zu. Ermutigt durch dessen nach wie vor angenehm statische Haltung, beugte sie sich zu diesem umsichtig hinunter, hob es auf, nahezu selbst davon überrascht, daß die Melker Einwohnerin auch dieses sich gefallen ließ, und transportierte es zur Bank. Bei der Bank angelangt, genoß Christels Hand die schwerlich beschreibbare flauschige Weichheit der unverhofften haptischen Utopie, und diese ließ es sich gefallen, ohne Pfotengeld zu geben. Allzuoft hatte ich es erlebt, daß das herangebrachte Wesen, kaum an seinem präsumtiven Streichelort angelangt, umgehend (oder doch nach einem zeitlichen Höflichkeitsabstand von allzuwenigen Sekunden) kehrt machte, um dorthin zurückzuentwischen, von wo es herausgerissen worden war. Dies war auch dann nicht anders gewesen, wenn ich bei vertrauten Kellnern in Stammlokalen zu Dessert und Kaffee auch noch den Hauskater bestellt hatte – und dieser mir auch zuweilen tatsächlich gebracht wurde. Nichts von alldem, und auch nicht, als sich meine Hand jener Christels beim Spaziergang über das Fell zugesellte. Noch nicht einmal, als Christel mir unser Objekt der Begierde auf die Knie setzte, und ich, wie ich es vor Jahrzehnten bei meiner Tante gelernt hatte, mein Gesicht in das Ensemble ihrer Glückshaare vergrub.

Da freilich auch jede Utopie durch Endlichkeit gekennzeichnet zu sein neigt, erhob nach gemessener Zeit sich die Pfotenkönigin, verlangte bestimmt, entlassen zu werden, und schritt würdevoll davon. Wir fürchteten, sie könnte nunmehr von uns genug haben, doch zu unserer Freude blieb sie in Sichtweite. Mehr als das: in ihrer nicht kopierbaren Eleganz kehrte sie aus freien Stücken zu uns zurück und ließ sich die Bewegung unserer Hände gefallen. Dann wieder die Sichtweite, wie wenn das weiß-rot-schwarze Model einen imaginären Laufsteg betreten hätte, (ohne daß die menschlichen Gegenparts eine Chance hätten, dessen Grazie auch nur entfernt zu erreichen).

Der Shuttle-Bus kam den Hügel hinaufgefahren, und hielt tatsächlich, wie um unsere Ängste zu beschwichtigen, am vorgesehenen Ort. Wir erhoben uns von der Bank, verabschiedeten uns von unserem Gast, dieser glanzvoll-unverhofften Ergänzung der niederösterreichischen Landesausstellung, und stiegen in das Fahrzeug ein. Es begann zu regnen. Durch das Fenster des Gefährts war noch zu sehen, wie die Katze, um vor der einbrechenden Nässe sich zu schützen, unter eine der begrenzenden hölzernen Estraden zu gelangen sich beeilte.

BIOGRAPHIEN

HARALD FRIEDL,

geboren 1958 in Steyr, Studium der Anglistik und Germanistik, 1990 – 92 Leiter des Salzburger Literaturhauses, seit 1992 freiberuflicher Dokumentarfilmer, Musiker (CD „*Hoaß koid*“ bei Extraplatte) und Schriftsteller. Schreibt Liedtexte und Prosa. Veröffentlichungen in Anthologien und Literaturzeitschriften, 2 Buchpublikationen. Hans Weigel-Literaturstipendium 1999/2000, Literaturpreis des NÖ Kulturforums 2000. Lebt in Mitter-Retzbach, Salzburg und Wien.

NILS JENSEN,

geboren 1947 in St. Pölten, lebt in Wien und Aigen/OÖ; freier Schriftsteller und Publizist; Mitbegründer und Herausgeber des Magazins BUCHKULTUR (Wien); Vorstandsmitglied der IG Autorinnen/Autoren und des Literaturkreises PODIUM; Mitglied der GAV; Veröffentlichungen seit Beginn der Siebziger Jahre in Zeitschriften, Anthologien und im Rundfunk; Einzelpublikationen (Auswahl): *Was Hände schaffen*, Gedichte zur Geschichte, Edition Frischfleisch 1979; *Der tägliche Tod*, Theaterstück (Uraufführung steirischer herbst 1980); *Bixi, Stoppel und die Räuber*, Jugendroman, Breitschopf Verlag 1985; diverse Preise und Stipendien, u.a. Preis des Wiener Kunstfonds 1975, Theodor Körner Preis 1978, Staatsstipendium für Literatur 1979/80, Dramatikerstipendium 1980/81.

ALFRED KOMAREK,

geboren 1945 in Bad Aussee; nach der Matura finanzieren erste schriftstellerische Arbeiten das Jusstudium, zwei Staatsprüfungen später wird das Schreiben vorrangig: Essays, Feuilletons, Erzählungen, Sachbücher, Kinderbuch, Krimi, TV-Drehbücher. Arbeiten für zahlreiche Zeitschriften, für den ORF, den Hessischen und den Bayerischen Rundfunk.

Alfred Komarek lebt als freier Schriftsteller in Wien. Preise und Auszeichnungen, zuletzt: Hans Kudlich Preis 1992, Glauser Krimipreis der Autoren 1999. 45 Buchveröffentlichungen bei verschiedenen Verlagen, zuletzt *Polt muß weinen*, Kriminalroman aus dem Weinviertel, 1998 und *Blumen für Polt,* 2000, beide Haymon Verlag.

TRAUDE KOROSA,
geboren in Arbing/OÖ., ab 1987 wohnhaft in Wien; lebt da mit 2 Kindern, 1 Katze; Studium Germanistik/Publizistik; Lyrik, Prosa; Veröffentlichungen in Anthologien, Literaturzeitschriften, Landesstudio OÖ; Mitglied der GAV; zahlreiche Lesungen in OÖ., Wien

VERENA KOROSA,
geboren 1982 in Linz, ab 1987 wohnhaft in Wien; schreibt Lyrik und Prosa; Dosenöffnerin der schwarzen Katze CLEO.

BEATRIX M. KRAMLOVSKY,
1954 in Oberösterreich geboren, nach dem Sprachstudium in Wien Leben im In- und Ausland. Als Malerin, Schriftstellerin und in der Erwachsenenbildung tätig. Zahlreiche Kurzgeschichten. Einzelpublikationen: *Das Chamäleon*, eine surreale Novelle, Wiener Frauenverlag 1990, *Eine unauffällige Frau*, Erzählsammlung, Literaturedition NÖ 1996, *Das Risiko, Geschichte eines Verbrechens*, Milena Verlag 1997. *Richtung Mauer, Aus den Berliner Tagebüchern*, für das Geschichten- und Theaterfestival in Graz 1999, *„Angeln in Zwischenräumen“*, Schauspiel in zwei Akten, NÖ Literaturedition 2000.
Den Haushalt überwachen die Katzen MIMI VOM BISAMBERG, literarisch bereits in Erscheinung getreten, und CHAPLIN. KASSIOPEIA wohnt in der Nachbarschaft und wird mit gebührendem Respekt und vorsichtigem Abstand betrachtet.

HELGA LAUGSCH,
geboren 1955 in München; Ausbildung zur Diplombibliothekarin, danach Studium der Philosophie, Theaterwissenschaften und Neueren Deutschen Literatur, Promotion zur Dr. phil. 1995, diverse Jobs, u.a. Management für Rockbands und wissenschaftliche Vorträge; schreibt seit Anfang ihrer 30er Jahre konsequent; ein Roman ist in Arbeit, eine Erzählsammlung (*Nachtgeschichten*) abgeschlossen, erscheint voraussichtlich 2001; zahlreiche Veröffentlichungen in Anthologien bei verschiedenen Verlagen.

BARBARA NEUWIRTH,

geboren am 13. November 1958 in Eggenburg/NÖ, lebt in Mitter-Retzbach, Wien und Salzburg. Studium der Geschichte und der Ethnologie an der Universität Wien. 1985 bis 1997 Verlegerin im Wiener Frauenverlag. Seit 1997 freiberufliche Tätigkeiten als Schriftstellerin und Wissenschaftslektorin. Seit 1990 zehn Buchpublikationen, zuletzt: „*Ein Abschied von Drosendorf. Erzählung*", mit Farblithographien von Georg Lebzelter, Edition Thurnhof, Horn 2000; „*Über die Thaya. Erzählung*", mit Farblinolschnitten von Georg Koenigstein, Edition Koenigstein, Wien-Klosterneuburg 2000; „*Wien Stadt Bilder*", mit Photos von Bill Barrettte, Löcker Verlag, Wien 1998; „*Empedokles' Turm. Novelle*", Milena Verlag, Wien 1998. Herausgeberin zehn literarischer Anthologien, zuletzt: „*Frauen sehen Europa*", Das Buch zum Welttag des Buches 2000 (gemeinsam mit Marianne Gruber), Hauptverband des österreichischen Buchhandels, Wien 2000; „*Schreibfluß 1980–2000. Eine literarische Anthologie und Dokumentation*", Promedia Verlag, Wien 2000.

JULIAN SCHUTTING,

geboren 1937 in Amstetten/NÖ; seit den frühen 70er Jahren Prosa- und Lyrikveröffentlichungen, seit 1973 Mitglied der Grazer Autorenversammlung; lebt in Wien; zahlreiche Preise und Auszeichnungen, unter anderem 1983 Anton-Wildgans-Preis der Österreichischen Industrie für Literatur, 1988 Kulturpreis der Stadt Wien, 1989 Georg-Trakl-Preis für Lyrik des Bundesministeriums für Unterricht und Kunst; zahlreiche Veröffentlichungen, zuletzt:

Katzentage, Prosa, Residenz, 1995; *Der Tod meiner Mutter*, Residenz, 1997; *Rohübersetzung. Mondscheiniges über die Liebe*, Styria, 1999; *Jahrhundertnarben. Über das Nachleben ungewollter Bilder*, Residenz, 1999.

ROLF SCHWENDTER,

geboren 1939 in Wien, abgeschlossene Studien aus Rechts-, Staats- und Theaterwissenschaften, dann erwerbslos, freischaffender Autor und Liedermacher, seit 1975 Hochschullehrer für Subkulturforschung in Kassel. Seit 1990 Mitleiter des Ersten Wiener Lesetheaters.

Zur Bibliographie: einschlägig: *Katzenpfotenhaikus*, 1962, nicht veröffentlicht, *Katertotenlieder*, Freibord 1987;

weniger einschlägig: *drizzling fifties*, Lyrik, Deuticke 1996; *Utopie*, Sachbuch 1994; *Zur Geschichte der Zukunft*, 1982; *Zur Zeitgeschichte der Zukunft*, 1984.

NORBERT SILBERBAUER,

geboren 1959, lebt in Oberretzbach/NÖ, Nebenerwerbslehrer an der HAK/HAS Retz. Schreibt Theaterstücke, Prosa, Lyrik, Essays. Einige Preise und Stipendien, u.a. Dramatikerstipendium des BKA 1994, 1996, 1999; Staatsstipendium des BKA 1997, Förderungspreis der Stadt Wien 1995. Publikationen: *Franz*, Roman, Deuticke Verlag 1994; *schön und irr*, Liebesgedichte, Deuticke Verlag 1997 (3. Auflage), *Ende und Anfang*, Theaterstück 1999 (Auftragswerk der NÖ Landesregierung), *Melancholie im September*, Theaterstück 1998; *Manche Tage dauern Jahre*, Gedichte, Edition Thurnhof 2000.

MICHAEL STILLER,

geboren 1967 in Wien – seit einigen Jahren Organisation von Kulturveranstaltungen, Mitbegründer & Mitarbeiter im UNABHÄNGIGEN LITERATURHAUS NÖ

DIGA geb. 1993, Organisation von Unruhen, Mitbegründerin & Mitarbeiterin der Plattform "vier Beine gut – zwei Beine schlecht"

WINNIE – Schwester von DIGA, Oberstimme im ersten Wiener Katzenchor – zahlreiche frühmorgentliche Auftritte als Solistin

SYLVIA TREUDL,

geboren 1959 in Krems/NÖ; nach 12 Jahren Verlagsarbeit im Wiener Frauenverlag/Milena Verlag seit 1997 freie Autorin; Herausgeberin zahlreicher literarischer Anthologien, u.a. *Mit Katzenzungen* (Milena Verlag 1998); schreibt Lyrik und Prosa; letzte Einzelpublikation: *Blues*, Erzählungen 1999. Mitinitiatorin und Mitbetreiberin des UNABHÄNGIGEN LITERATURHAUSES NIEDERÖSTERREICH (Eröffnung März 2000). Lebt mit Mann und Katze SOCKE in Wien in fröhlicher Synergie: sie schreibt, er liest, SOCKE schläft wahlweise auf beiden oder zu bearbeitenden Manuskripten; im Fall von Katzenthemen hilft sie bei der Textauswahl.

RICHARD WEIHS,

fristet ein Schattendasein als Kabarettist und Musiker; ist daneben auch Autor und Herausgeber; spielt Gitarre, Dobro, Maultrommel, Mund- und Knöpferlharmonika; singt; liest. 4 Solo-Kabarett-Programme, ein Gastarbeiterstück, ein Bluesical, ein schauriger Heuriger, Liederabende, ein Heimatabend; 4 Platten mit ganz eigenen Liedern (Extraplatte 30, 71, 132, 212); ein Roman ist in Arbeit, stellt zur Zeit ein *„Wiener Schimpfwörterlexikon“* zusammen; *Der Fersenfresser* erschien 1998 in der edition handmade books.